ARCHE

REMCO CAMPERT

Sanfte Landung

Erzählungen

Aus dem Niederländischen
von Marianne Holberg

ARCHE

Die Erzählungen wurden in Zusammenarbeit
mit dem Autor ausgewählt, aus dem Niederländischen
übersetzt und mit einer editorischen Notiz versehen
von Marianne Holberg

Deutsche Erstausgabe
1. Auflage

Ausgewählte Erzählungen aus: *De Verhalen;* De Bezige Bij,
Amsterdam, 2004

Aus dem Niederländischen von Marianne Holberg
Umschlag: Christoph Krämer, b3K Hamburg–Frankfurt a.M.
Umschlagmotiv: *Im »Schwanen« am Morgen,* Oeschgau, 1943

Satz: Wilfried Schmidberger, Nördlingen
Druck und Bindung: Druckerei C.H.Beck, Nördlingen
Printed in Germany
ISBN 978-3-7160-2602-1

Inhalt

Die Reise nach Zwolle

Als Peter Gimberg fast dreizehn war, durfte er in der letzten Woche der Sommerferien mit seinem Vater nach Zwolle fahren. Peter Gimberg wohnte mit seiner Mutter in Den Haag. Sein Vater, der sich von seiner Mutter hatte scheiden lassen, als Peter sechs Jahre alt war, wohnte in Antwerpen, und Peter sah ihn selten. Der Ausflug nach Zwolle schien ihm nicht verlockend – er hätte es lieber gehabt, wenn sein Vater ihn für ein paar Tage nach Antwerpen geholt hätte, aber er konnte es kaum ablehnen, nicht nur, weil er zu klein war, um etwas abzulehnen, was Erwachsene ihm vorschlugen, sondern auch, weil aus dem Brief, den sein Vater an seine Mutter geschrieben – und den Peter heimlich gelesen hatte –, hervorging, dass Meneer Gimberg sich viel von dieser kleinen Reise versprach und annahm, seine großzügige Einladung würde glühende Begeisterung bei seinem Sohn auslösen.

Die Einladung hatte übrigens durchaus ein paar verlockende Seiten. Das Beste daran war, dass sie in einem Hotel übernachten würden, und das gab Peter die aufregende Vorstellung, erwachsen zu sein, vor allem, weil seine Mutter nicht dabei war, die ihn durch ihre fürsorglichen Ermahnungen auf seinen Status als Kind zurückstufen würde. Auch die kurze Dauer des Besuchs in Zwolle trug zu der Vorstellung bei, erwachsen zu sein; denn Erwachsene haben nie Zeit, irgendwo länger zu bleiben, ihre Anwesenheit ist überall erforderlich, sonst geht alles drunter und drüber.

Und sein Vater, der Vertreter einer belgischen Biermarke in den Niederlanden war und für diese Marke Geschäfte in Zwolle abzuwickeln hatte, fuhr einen Studebaker, und da die meisten Väter seiner Freunde es nicht weiter als bis zu einem Volkswagen gebracht hatten, war auch dies ein Teil des Programms, dem er mit einem gewissen Stolz entgegensah. Mochten seine Eltern auch geschieden sein, so wohnte sein Vater doch immerhin im Ausland und fuhr in einem sehr teuren Auto herum, mit dem er manchmal in Paris war, und dann schickte er Peter farbige Ansichtskarten vom Eiffelturm oder von der Seine und manchmal auch von beidem.

Er hoffte sehnlichst, dass man ihn mit seinem Vater im Studebaker sehen würde, und der Zufall, dieser Gaukler, dessen außerordentliche Geschicklichkeit uns manchmal vergessen lässt, dass er vor allem dazu da ist, Kinder zu überraschen und zu erfreuen, war ihm wohlgesonnen und zauberte einen Taler aus seiner Nase, indem er seinen Freund Wim Enkelaar, dessen Vater es nicht weiter als bis zu einem Moped gebracht hatte, an einer Kreuzung auf den Bürgersteig der Laan van Meerdervoort postierte, keine zwei Meter von dem zartrosa Studebaker entfernt, der fast unhörbar schnurrend darauf wartete, dass die Ampel wieder auf Grün sprang.

Peter klopfte ans Fenster, aber Wim, dieser Trottel, hörte ihn nicht. Erst im letzten Augenblick – der Verkehr auf der anderen Straße kam schon zum Stehen – wandte Wim sein Gesicht dem Studebaker zu (ein goldener Taler aus Peters Ohr), und Peter sah voll Genugtuung, wie Wims Gesichtsausdruck alle gewünschten Stadien durchlief, Nicht-Erkennen, ungläubiges Staunen und dann (die Ampel wurde grün, das Auto brauste los) Neid.

Als sie aus Den Haag heraus waren und auf der großen Straße fuhren, verlor die Reise viel von ihrem Reiz. Sowohl Vater wie Sohn spürten plötzlich ihre Verlegenheit, sie wussten nicht, worüber sie miteinander reden sollten. Die flache grüne Landschaft mit ihren ewigen Kühen, die zu beiden Seiten der Straße auf kurz geschorenen Weiden grasten, langweilte Peter schon bald, und es ärgerte ihn, dass sie dauernd von anderen, weniger auffallenden Autos überholt wurden, weil sein Vater furchtbar langsam und vorsichtig fuhr, aber er traute sich nicht, etwas zu sagen. Einmal machte er einen Versuch, seinen Vater zu größerer Geschwindigkeit zu bewegen, indem er ihn fragte, wie schnell der Studebaker fahren könnte, aber das führte zu nichts, denn sein Vater antwortete: »Schneller, als für uns gut ist.« Sie aßen ein paar Brötchen und eine Banane, die seine Mutter ihnen mitgegeben hatte. Sie sahen keinen einzigen Unfall.

Als sie in die Gegend von Apeldoorn kamen, wurde der Himmel grau, und es begann zu regnen. »Schade«, sagte Meneer Gimberg, »hier ist ein schöner Spielplatz, aber es hat jetzt wenig Sinn, dorthin zu fahren.« Die Bemerkung heiterte Peter nicht gerade auf, denn offenbar betrachtete sein Vater ihn ebenso als Kind wie seine Mutter. Er drehte am Radio, und auf Hilversum 1 sang eine dünne Männerstimme ein Lied, das (der Zufall als launiger Kobold) *Zusammen auf der Rutschbahn* hieß. Zwischen Apeldoorn und Zwolle, bei Epe, bremste Meneer Gimberg plötzlich und bog in eine Seitenstraße ein. »Eine Überraschung«, sagte er. Er wollte Peter das Haus zeigen, in dem die Familie Gimberg – damals noch jung und trotz der schwierigen Zeiten glücklich vereint – im letzten Kriegswinter durch die Geburt eines Sohnes beglückt wurde. Sie nannten ihn Peter. Gleich nach dem Dorf ging die Asphaltstraße in einen Klinkerweg über, der nach einigen Minuten erleichtert das Feld für einen staubigen und holprigen Sandpfad räumte. Die Nadelbäume zu beiden Seiten des Pfades wichen hier und dort zurück und bildeten eine pittoreske, aber durch den stetig fallenden Regen eher traurige Kulisse für das, was Makler eine vornehme Villa nennen, einige düstere Häuser, deren unteres Stockwerk aus rotem Backstein gebaut war und das Stockwerk darüber aus braunschwarz gebeiztem Holz.

Vor einem dieser Häuser hielten sie an. Der Vater öffnete das Fenster neben sich und schaute auf das Haus. »Sommerlust«, sagte er, und tatsächlich, das war der Name, der mit großen weißen Buchstaben auf einen großen grauen Stein neben dem Zaun gemalt war. »Sommerlust«, wiederholte Meneer Gimberg, und durch irgendetwas in seinem Ton fühlte Peter sich einsam und verlassen, als habe er sich verirrt und fände niemanden, der ihm den Weg zeigen konnte.

Kurz darauf war das Gefühl der Verlassenheit einer Verlegenheit gewichen, so heftig, dass er wie gelähmt war. Er stand mit seinem Vater im Wohnzimmer von »Sommerlust« – durch die Haustür kam man direkt ins Wohnzimmer –, und ihnen gegenüber stand ein ängstliches Mädchen, das so schön war, wie er noch nie ein Mädchen gesehen hatte, nicht einmal im Kino. Sie erinnerte ihn an die Prinzessinnen aus den Märchenbüchern, aus denen seine Mutter ihm, als er noch klein war, vorgelesen hatte. In den Büchern gab es Bilder mit diesen Prinzessinnen, und er fand immer, dass sie langweilige, verwöhnte Dinger waren, aber jetzt, da er eine von ihnen in Wirklichkeit sah, erkannte er, wie sehr er sich getäuscht hatte. Und auch wenn er sich nicht getäuscht hätte, auch wenn sie langweilig und verwöhnt wäre (aber das erschien ihm unmöglich), wog ihre Schönheit mehr als diese schlechten Eigenschaften, so wie die Sonne Gefängnisse und Spielplätze, Hinterhöfe und Villenviertel in dieselbe Glut taucht.

»Sind deine Eltern nicht zu Hause?«, hörte er seinen Vater fragen, und das Mädchen, das etwas älter als Peter war (ein Jahr vielleicht), trat einen Schritt zurück und sagte: »Nein, Meneer.« Wir sind wirklich keine Diebe, keine Mörder, wollte Peter zu ihr sagen – aber seine Zunge weigerte sich, Wörter zu bilden –, während sein Vater dem Mädchen erklärte, dass er früher, vor Jahren, in diesem Haus gewohnt habe und dass Peter (der mit hochrotem Kopf, wofür er sich hasste, auf seine Füße blickte) hier geboren sei, in dem kleinen Zimmer oben an der Vorderseite.

Sie gingen die Treppe hinauf. Das Mädchen folgte zögernd, und Peter, der hinter seinem Vater herging, verfluchte die allgemeine Regel, nach der es unhöflich ist, Frauen zuerst die Treppe hinaufgehen zu lassen, denn er spürte, dass es in diesem Fall höflicher gewesen wäre, wenn sie das Mädchen hätten vorangehen lassen, weil dies ihr Haus war und sein Vater und er, auch wenn sie eine Entschuldigung hatten, Eindringlinge waren. Als sich außerdem noch herausstellte, dass das Zimmer, in dem er (in dem zischenden und grellen Licht einer Karbidlampe) geboren worden war, jetzt ihr Zimmer war, fühlte er sich noch unbehaglicher als zuvor. Er hoffte, sie würde begreifen, dass er nicht anders konnte, dass es sein Vater war, der ihr dies antat und nicht er, und dass er, Peter, ganz anders war als sein Vater, der in Belgien wohnte und den er höchstens dreimal im Jahr sah, dass er ihr dies nie angetan haben würde, dass er niemals (aber dies letzte überlegte er erst Jahre später), nur um den Boden einer von ihm selbst abgebrochenen Vergangenheit unter sich zu fühlen, in das Heute wildfremder Menschen getreten wäre.

»Geht der Wasserhahn immer noch so schwer zu?«, fragte Meneer Gimberg, und das Mädchen schaute mit gerunzelten Augenbrauen zum Waschbecken, als sähe sie es zum ersten Mal, und ging dann, unsicher, ob es von ihr erwartet würde, zum Waschbecken und drehte den Wasserhahn auf und wieder zu und sagte leise: »Nein, Meneer«, aber nur Peter sah und hörte es, denn sein Vater hatte das Fenster geöffnet, beugte sich trotz des Regens hinaus und sagte nach einer Weile: »Das war das Erste, was du gesehen hast, Peter, und als ich dich zum Fenster trug, um dir den Garten zu zeigen, kamen zwei deutsche Soldaten den Weg durch den Schnee herauf, aber ich hatte einen *Ausweis,* und außerdem hatte ich seit ein paar Stunden dich, und du weißt, wie das ist mit Deutschen und mit Kindern. Nein, das weißt du nicht, natürlich.«

Aber Peter hörte seinem Vater nicht zu. Während er mit größter Mühe versuchte, seine Verlegenheit einigermaßen zu beherrschen, schaute er das Mädchen an, das mit seinem Zeigefinger über den Wasserhahn strich. Er folgte ihrem Blick und sah dann zu seinem freudigen Erschrecken, dass ihre sich darin spiegelnden Augen auf ihn gerichtet waren. Sein Vater drehte sich um, seufzte, blickte auf seine Armbanduhr und sagte: »Komm, wir müssen wieder weiter.« Das letzte Stück nach Zwolle fuhren sie schnell, aber Peter nahm es kaum wahr. Und auch das Zimmer des bekannten Zwoller Hotels (der Geruch von staubigen Teppichen und von Kampfer, die vertrocknete Erde des dunkelgrünen Farns in der Hotelhalle) rief nicht mehr das angenehm erregende Gefühl hervor, auf das er sich während der ganzen Reise so gefreut hatte. Es gab zwei Betten, ein Doppelbett, das sein Vater belegte, und eine Bettcouch, die Peter zugewiesen wurde. Das übrige Mobiliar bestand aus einem hohen braunen Spiegelschrank, zwei Küchenstühlen und einem kleinen schmalen Tisch am Fenster. Von hier aus blickte man in einen gepflegten Garten, in dem auf weißen Kieselsteinen orange angemalte Gartenstühle standen.

Sie glänzten vom Regen. In der Ferne, über den grauen Dächern niedriger Häuser und zwischen zwei Bäumen hindurch, sah Peter eine Kirchenuhr. Zehn nach zwei.

Meneer Gimberg wusch sich und zog ein sauberes Oberhemd an und verabredete mit Peter, dass sie sich um halb sechs wieder im Zimmer treffen würden, um dann zusammen irgendwo etwas zu essen und anschließend vielleicht ins Kino zu gehen, Peter solle schon mal sehen, ob etwas Nettes liefe, ein Revuefilm oder so. »Hier«, sagte Meneer Gimberg, »ich hab's nicht kleiner, aber nicht alles ausgeben, hörst du!«, und gab seinem Sohn einen Zehn-Gulden-Schein. Als er fort war, stellte Peter sich ans Fenster und schaute hinaus. Es regnete fast nicht mehr. Weiße Wolken wie geballte Fäuste zogen über den Himmel, aber zwischen den Wolken und dahinter zeigte der Himmel ein verschossenes Blau wie eine oft gewaschene Schürze. Ein Star ließ sich auf einem der orangefarbenen Stühle nieder und pickte in seinen Federn.

Er lief durch Zwolle und dachte an das Mädchen. Sie standen wieder in dem Zimmer und blickten sich durch die Spiegelung an. Es tut mir leid, dass mein Vater so grob war, sagte er. Im Hintergrund lösten sich die verschwommenen Konturen seines Vaters in nichts auf. Das Mädchen lächelte. Bist du allein?, fragte Peter. Sie nickte. Ich bin auch allein, sagte er. Mein Vater sitzt in Antwerpen im Gefängnis, und meine Mutter liegt auf dem Friedhof in Den Haag. Er fuhr mit dem Mädchen im Studebaker, und sie überholten alle Autos, und ihre Augen hielten einander im Spiegel fest.

Er kam an einer Cafeteria vorbei, und obwohl er Hunger hatte, wagte er nicht, hineinzugehen, denn davor standen halbwüchsige Jungen, die ihn, lässig an ihre niedrigen, glänzenden Mopeds gelehnt, schweigend und abschätzig ansahen. Und als er ein Stück weiter in einen Lebensmittelladen gehen wollte, um eine Tafel Schokolade zu kaufen, merkte er, dass er auch das nicht wagte, denn er hatte nur die zehn Gulden, die sein Vater ihm gegeben hatte, und der Lebensmittelhändler würde denken: Wie kommt der Junge zu so viel Geld, und er würde die Polizei rufen. Er schlenderte weiter und schaute sich die Bilder in der Vitrine eines kleinen Kinos an, wo ein Film von Stan Laurel und Oliver Hardy gespielt wurde, den er in Den Haag schon gesehen hatte. Aber im nächsten Kino gab es einen Revuefilm, und er prägte sich den Namen des Kinos ein, für heute Abend.

Auf dem Parkplatz eines großen Restaurants sah er ein protziges Auto mit roten Kennzeichen auf weißem Nummernschild, das Auto seines Vaters. Er ging auf die andere Straßenseite, denn sein Vater wickelte dort mit jemandem seine Geschäfte ab und würde ihn jetzt wohl nicht sehen wollen. Und als er, dahintrottend, um die Straßenecke bog, lag vor ihm der Bahnhof von Zwolle, und er hätte heulen können vor Wut und Trauer darüber, wie dumm er den Nachmittag vergeudet hatte, dass er in Zwolle geblieben war, statt (aber es war jetzt beinahe halb fünf und in jedem Fall zu spät) den Zug nach Epe zu nehmen, um das Mädchen noch einmal zu sehen.

Er ging ins Hotel zurück, setzte sich auf die Bettkante und starrte sich im Spiegel des großen Schranks an. Er sah einen kleinen, mageren Jungen, der eine zu weite Hose trug (seine erste lange Hose) und eine zu kurze Jacke; so seien alle adretten englischen Jungen gekleidet, sagte seine Mutter. Er schloss die Augen, und das Mädchen schlich in seinen Körper und ließ seine Haut erröten. Der Himmel bezog sich wieder, Regen schlug plötzlich bösartig ans Fenster, in ganz Zwolle gingen die Straßenlaternen an, so dunkel war es, und in einer Wolke von Alkohol betrat sein Vater das Zimmer.

Als später am Abend die Tänzerin im Film von dem Sänger, der sie immer geliebt hatte, geküsst wurde, schossen Peter Tränen in die Augen. Es war schon nach zehn. Vor dem Kino stand eine Gruppe lärmender Jungen, die ein paar kichernde und kreischende Mädchen bedrängten, der Portier des Hotels las in einem Bibliotheksbuch, und im Zimmer zog Peter sich aus und lernte von seinem Vater, wie man seine Hose ordentlich in den Bügelfalten über den Stuhl hängen musste.

Am nächsten Morgen, die Sonne schien wieder, keine Wolke war zu sehen, fuhren sie zurück nach Den Haag. »Wir fahren über Elburg«, sagte Meneer Gimburg, während er seine schweinsledernen Handschuhe anzog. »Und in Harderwijk halten wir an und essen Aal.« Bitte, Vater, Papi, Papa, wie soll ich dich nennen, lass uns über Epe fahren, dachte Peter, aber er wagte nichts zu sagen. Lass uns über Epe fahren und das Zimmer sehen, in dem ich gestern geboren wurde.

Sanfte Landung

»Of course, men have grown-up moments,
a noble few scattered here and there, and of these,
obviously death is the most important.«
Truman Capote, *Answered Prayers*

An einem Sonntagnachmittag im November machte der Dichter Onno Mulder einen Spaziergang durch die Stadt. Ein feiner Nieselregen hing in den Straßen; er lief durch eine tief hängende Wolke, tiefer, als man sich vorstellen konnte.

Er liebte dieses Wetter. Anders als das gleißende Sonnenlicht, der strömende Regen oder die beißende Kälte stellte es keine Ansprüche an ihn und war trotzdem nicht ohne Charakter. Es war das Wetter, das ihn unaufdringlich in sich aufnahm.

Wie schon öfter in den letzten Monaten hatte sein Knie ihm zu schaffen gemacht, als er aufstand, doch nach einer Stunde war die schmerzhafte Steifheit verschwunden. Der Spazierstock, den er letztes Jahr aus Spaß von seinem Freund Vollebracht zu seinem achtundfünfzigsten Geburtstag bekommen hatte, brauchte auch an diesem Tag nicht benutzt zu werden.

Manchmal kam er in Versuchung, den Stock dennoch auf einem Spaziergang mitzunehmen, dann hätten sie sich aneinander gewöhnt, wenn er ein noch höheres Alter mit den dazugehörigen Gebrechen erreicht haben würde. Doch etwas wie Scham und der Gedanke, dass er dann Bekannten und allen, die es wissen wollten, eine Erklärung schuldig wäre, hielten ihn davon zurück. Darüber hinaus fürchtete er, junge Frauen, von denen er hoffte, dass sie sich von seinem Äußeren beeindrucken ließen, könnten ihn, wenn er einen Spazierstock benutzte, nicht mehr als ernst zu nehmenden Bewerber betrachten und ihn automatisch als »zu alt« abschrieben.

Eigentlich war es ein teuflisches Geschenk gewesen, denn der Spazierstock, der im Flur neben der Garderobe darauf wartete, ausgeführt zu werden, erinnerte ihn täglich an seine Zukunft, wenn es die denn geben sollte. An einem Tag wie heute, als er mit steifen Beinen durchs Haus gelaufen war, hatte der Ausdruck »stocksteif« etwas Unwiderrufliches bekommen.

»Nutze ihn in Gesundheit«, hatte Vollebracht, der im selben Alter war wie er, grinsend zu ihm gesagt, als er das Geschenk überreichte. Und Onno Mulder hatte seinerseits gegrinst, als ob sie ein Geheimnis teilten.

Später am Abend waren sie abwechselnd in der Rolle des komischen Alten, schwer auf den Stock gestützt, durchs Zimmer gehumpelt. Mit schnarrender Stimme waren sie den anderen Gästen aus der sicheren Position des vorgespiegelten Alters auf die Nerven gegangen, bis

Liza, Vollebrachts neue junge Frau, gemeint hatte, dass es »nun aber gut« sei.

Sein Spaziergang durch die Stadt an diesem grauen, feuchten Vormittag diente keinem anderen Zweck als dem Spaziergang selbst. Unkomplizierter ging es nicht, nur musste er seine Route sorgfältig wählen, weil die Stadt übersät war von Cafés, deren Anziehungskraft er kaum gewachsen war. Er war ein Quartalstrinker, doch je älter er wurde, desto kürzer wurden die Pausen zwischen den einzelnen Quartalen.

Jeden Morgen beschloss er, wenigstens an diesem Tag keinen Alkohol anzurühren, aber seine Trunksucht hatte schon wieder mehrere Monate nacheinander gesiegt, und die Folgen waren allmählich unübersehbar. Gedächtnisverlust, nicht eingehaltene Verabredungen, Menschen, die er angeblich beleidigt hatte, und im Gegensatz dazu ein unendlich gewinnendes Interesse an völlig Unbekannten, denen er spät in der Nacht alle möglichen Versprechungen machte. Die er natürlich nicht einhielt, weil am nächsten Tag die Ereignisse des vorigen Abends in dem immer tiefer werdenden Teich des Vergessens verschwunden waren.

Während er auf der sicheren Seite der Gracht lief (erst ein Stück weiter gab es jenseits der Brücke eine Absturzkneipe, die einen, das wusste er aus Erfahrung, nicht eher als um drei Uhr nachts wieder ausspie), tauchten in Onno Mulders Gehirn unzusammenhängende Teile von Sätzen auf – Wortkombinationen, die er kurz prüfte und sie dann, wenn er sie als unzureichend empfand, wieder fallen ließ.

Schon mehr als ein Jahr arbeitete er an einem Gedicht auf den Tod seines besten Freundes, des Filmemachers Groenewei, der sich innerhalb weniger Monate von einem fröhlichen, sprachgewandten Menschen in ein wortloses Wrack mit stumpf blickenden Augen verwandelt hatte, nachdem ein Gehirntumor bei ihm festgestellt worden war.

Seither war kein Tag vergangen, ohne dass Onno Mulder einen Augenblick an seinen Freund gedacht hätte; die Trauer über seinen Tod wollte nicht vergehen.

Anfangs hatte das Gedicht die Form dieser Trauer gehabt, ein Klagegesang voll verzweifelter Worte und unbeherrscht langer Schluchzer. Aber das Resultat dieser Gefühlsausbrüche gefiel ihm nicht, es verursachte vielmehr eine gewisse Abscheu vor sich selbst: Wie war es möglich, dass er nach all den Jahren, in denen er Gedichte schrieb, plötzlich zu der amateurhaften Auffassung bekehrt zu sein schien, Gefühl, wenn es sich nur ehrlich äußerte, sei eine Garantie für Qualität?

Mitten in der Nacht schrieb Onno Mulder manchmal im Rausch wütende Briefe an Menschen, die er in seiner Bewusstseinsverengung verdächtigte, ihn geschädigt zu haben oder ihn schädigen zu wollen. Er hatte sie durchschaut, sie sollten nicht denken, dass er auf den Kopf gefallen war. In seinem umnebelten Geist kochte und wütete das, was er für sein unabdingbares Recht hielt.

Solche berserkerhaften Wutanfälle überfielen ihn regelmäßig, doch er hatte gelernt, nicht mehr mitten in der Nacht zum Briefkasten zu rennen, sondern erst einmal darüber zu schlafen. Am nächsten Tag fand er auf seinem Schreibtisch eine wütende Epistel, geduldiger, vollgekritzelter Zeuge seines Rausches. Er nahm dann allen Mut zusammen und überflog den Brief. Manchmal tat er nicht einmal das, sondern zerriss ihn, und in dem Gefühl, nur knapp einer großen Gefahr entronnen zu sein, warf er ihn in den Papierkorb. Er konnte sich nicht erlauben, durch sein unkontrolliertes Verhalten noch mehr Menschen zu verlieren.

Wohl fragte er sich – wenn auch immer seltener –, was eigentlich mit ihm los sei. Wenn er nicht getrunken hatte, war er die Sanftmut in Person, ein etwas schüchterner Mann, der seinen Mitmenschen so manches nachsah. Doch wenn er einmal mit Trinken angefangen hatte, verfügte er über ein großes Reservoir an Gift und Galle, das er, wenn die Schleusen einmal geöffnet waren, nicht mehr aufzuhalten gedachte.

Nicht einmal jetzt, da er auf die sechzig zuging, hatte Onno Mulder sich ausgewütet.

Ein Teil des Problems war natürlich der Alkohol. Aber, lieber Himmel, sollte er denn aufhören zu trinken?! Das würde bedeuten, dass er den größten Teil seines sozialen Lebens aufgeben müsste, denn das stand nun einmal im Zeichen alkoholischer Getränke. Er konnte erst dann richtig mit anderen Menschen verkehren, wenn er ein paar Gläser getrunken hatte. Dann gewöhnte er sich langsam an ihre Anwesenheit, und in ihm wuchs das Gefühl, es sei sinnvoll, dass er mit ihnen umging und sie mit ihm.

Und wohin man auch kam, es wurde eingeschenkt, vor

allem in der Stadt, in der er wohnte, und in dem Milieu, in dem er sich bewegte. Dabei hatte er nicht den Eindruck, dass jeder an demselben Übel litt wie er. Manche hielten mühelos ohne Alkohol durch, während um sie herum die Flaschen geleert und neue Flaschen herbeigeschafft wurden. Vor langer Zeit, als Trinken und Rauchen noch als Beweise fürs Erwachsensein galten, hatte er auf solche Menschen ein bisschen herabgesehen und sie auch bemitleidet: Sie wussten nicht, was ihnen fehlte...

Künstler, die Abstinenzler waren, betrachtete er mit demselben Misstrauen wie Mitglieder einer fanatischen religiösen Sekte. Bedauernswerte Gestalten, die sich nicht bis an die äußerste Grenze wagten.

Was wusste man denn schon vom Leben, wenn man nicht bis sechs Uhr morgens im Nachtcafé saß, in der lärmenden Gesellschaft von Zuhältern, Huren, Einbrechern, Malern und Schachmeistern? Wie konnte man je zu Erkenntnissen über das menschliche Leben gelangen, wenn man nicht regelmäßig zwei Nächte durchmachte, wenn man nicht in schlecht beleuchteten Gassen Messer hatte blitzen sehen oder sich bis weit in den Morgen hinein die larmoyanten Bekenntnisse eines ehemaligen SS-Mannes angehört hatte? Wenn man nicht in Hauseingängen geschlafen hatte oder auf fremden Fußböden aufgewacht war?

Ein Dichter musste die Abgründe des Lebens kennen, so lautete damals seine Theorie, die er später entlarvt hatte als die soundsovielte Ausrede, weiterzutrinken.

Denn was hatten all diese Grenzerfahrungen ihm eigentlich gebracht? Eine Handvoll Gedichte (um mit jenem anderen Dichter zu sprechen), die das Bild eines jungen, zum Romantischen neigenden Künstlers abgaben. Aber diesem Bild fehlte das entscheidende Element: der frühe Tod. Ohne diesen Tod konnte man die ganze Ekstase nicht ernst nehmen.

Onno Mulder hatte einfach weitergelebt, jahraus, jahrein. Seine Lyrik hatte sich verändert und war vielleicht sogar besser geworden, aber seine Alkoholsucht hatte er nicht zugleich mit der Romantisierung des Destruktiven hinter sich lassen können. Der Alkohol begleitete ihn hartnäckig weiter, ein Gefährte, der immer bösartiger wurde.

Bevor er die Brücke erreicht hatte, bog er rechtzeitig in eine kleine Seitenstraße ein, wo kein Café zu befürchten war. Bis auf wenige Wohnhäuser standen hier nur Bürogebäude.

In einem dieser Häuser war er bei Bekannten untergekommen, als er seiner Frau davongelaufen war. Er wohnte dort mit seiner damaligen Freundin zusammen. Sein dauerndes Betrunkensein förderte die Illusion, er sei verrückt nach dieser Frau (die ihn ihrerseits eher als interessante Nervensäge betrachtete), und der Alkohol half ihm auch, seine Schuldgefühle in Glückswahn umzuwandeln.

Er entwarf große Pläne für ein zukünftiges Leben, frei von allen Verpflichtungen und nur der Dichtkunst geweiht, in einer anderen Stadt, in einem anderen Land und wahrscheinlich auch in einer anderen Welt. Es kostete ihn wenig Mühe, das mutwillige Verlassen als das Heldenepos eines Mannes anzusehen, der, ohne die Opfer zu zählen, seiner Berufung treu blieb. Möglicherweise vernichtete er das Leben unschuldiger Menschen in seiner Umgebung, aber sich selbst schonte er schließlich auch nicht.

Die Freundin bekam schneller genug davon als er und war eines Tages ausgezogen. In den Wochen, bevor sie ihre Siebensachen packte, hatten sie sich jede Nacht gestritten, und er ruhte nicht eher, bis sie ihm in äußerster Verzweiflung irgendeinen Gegenstand an den Kopf warf oder in Schluchzen ausbrach oder beides.

Hoch über der Welt thronend, befreit von Kind und Kegel, bekannte er sich zu seinem Dichtersein.

Eine Zeit lang hielt er es allein in dem Dachgeschoss aus, das man ihm großmütig überlassen hatte. Nachdem die letzten Cafés geschlossen hatten, kehrte er zurück, polterte fluchend und ächzend die Treppe hinauf, drehte das Radio an und begann wie wild auf seiner Schreibmaschine zu hämmern.

Mit dem Talent zum Selbstbetrug, über das jeder Trinker reichlich verfügt, machte er sich selber weis, er fiele dem Freundespaar, seinen Gastgebern, kaum zur Last. Wenn er spätnachmittags in dem stillen Haus aufwachte, erinnerte er sich praktisch an nichts mehr von dem, was am vorigen Tag passiert war. Deshalb vermochte er sich mühelos mit dem Gedanken zu trösten, es sei sehr wenig passiert und dieses Wenige habe sich in verhältnismäßiger Stille abgespielt.

Die Freunde waren rechtschaffene Leute mit einem ordentlichen Beruf. Der eine arbeitete in einem Reisebüro, der andere war Beamter im Rathaus. In der Illusion, das Beispiel ihres geregelten Haushalts würde seine Art zu leben günstig beeinflussen, hatten sie ihn aus einer Art mütterlicher Besorgnis im Haus aufgenommen, aber schließlich wurde ihnen der Krach, der sich jede Nacht wiederholte, einfach zu bunt.

Ein paar Mal, wenn er gerade ansprechbar war, nahmen sie allen Mut zusammen und baten, ob es, bitte, etwas leiser ginge, sie wollten sich nicht in sein Leben einmischen, aber ihr Haus würde bisweilen einem Nachtlokal ähneln, und so sei es nicht gemeint gewesen. Mit schuldbewusstem Gesicht und dem rührenden Charme des ertappten kleinen Jungen gelobte Onno Mulder Besserung. Aber noch in derselben Nacht ging es wieder los.

Nachdem die Freundin den vernünftigsten Weg gewählt hatte, hofften sie noch kurze Zeit, er würde sich beruhigen, aber das war nicht der Fall. Auch für sich allein machte er Lärm für zwei. Also musste es ein Ende haben, so ging es nicht weiter.

Als ihr Entschluss feststand, luden sie ihn zu einem kleinen Essen ein, denn das Leben war zu kurz, um als Feinde auseinanderzugehen. Während Onno Mulder kaum einen Bissen herunterbekam und sich mit zitternden Händen an die Spaghetti Bolognese machte, teilten sie ihm mit, dass sie das Dachgeschoss wieder selber nutzen wollten und er sich also, *»sorry«*, nach einer anderen Bleibe umsehen müsse.

Er erschrak nicht wirklich. Dass der Zustand so lange gedauert hatte, war auch seine Absicht nicht gewesen. Nur hatten Trunksucht und Bequemlichkeit seinen Aufenthalt so in die Länge gezogen, dass er allmählich das

Gefühl hatte, er habe hier schon immer gewohnt und würde für immer hier wohnen.

»Wann wollt ihr, dass ich gehe?«, fragte er, während er mit zwei bebenden Händen sein Weinglas zum Mund führte.

Die Freunde blickten sich an, um zu sehen, ob sie noch den Mut aufbrachten.

Der eine holte tief Luft und sagte: »Morgen.«

»Wir sollten besser ehrlich zu dir sein«, sagte der andere. »Wir brauchen den Dachboden nicht sofort, aber wir möchten, dass du morgen gehst. Du bist immer betrunken, und das halten wir nicht mehr aus. Wir liegen die halbe Nacht wach, und das tut auch unserer Beziehung nicht gut.«

»Wir machen uns schreckliche Sorgen um dich«, sagte der eine.

»Warum richtest du dich selbst zugrunde? Was hast du um Gottes willen davon?«, fragte der andere.

Auf diese Weise in die Enge getrieben, zuckte Onno Mulder mit den Schultern. Wie konnte er es erklären, dass seine Lebensweise mit seinem Dichtersein zusammenhing? In diesem Augenblick, als er noch nicht einmal das zweite Glas Wein geleert hatte, hielt er selbst dies für eine reichlich schwache Erklärung. Erst später am Abend würde sie wieder an Überzeugungskraft gewinnen.

»Es tut mir leid, dass ich euch so zur Last gefallen bin«, sagte er zerknirscht.

»Und dieses schreckliche Mädchen«, sagte der eine. »Ich hoffe, dass ich dich nicht beleidige, aber die war doch weit unter deinem Niveau.«

»Das geht uns nichts an«, sagte der andere. »Hast du irgendetwas, wohin du gehen kannst?«

»Ich finde schon was«, sagte Onno Mulder und sah in einer schrecklichen Vision die Centraal Station vor sich.

»Warum gehst du nicht einfach zu deiner Frau zurück?«, fragte der eine.

»So einfach ist das nicht«, sagte Onno Mulder.

»Es wäre besser, du gingest erst in eine Klinik, um eine Entziehungskur zu machen«, sagte der andere.

»Vielleicht wäre das tatsächlich besser«, nickte Onno Mulder und war mit seinen Gedanken ganz woanders, während er sein drittes Glas leerte. Er schaffte es, das Glas mit nur einer Hand und, ohne etwas zu verschütten, zum Mund zu führen. *Ausweisung* müsste das Gedicht heißen, ein bisschen Rimbaud, ein bisschen Altes Testament und viel von ihm selbst in der modernen Welt.

An diesem grauen Novembernachmittag lagen jene Ereignisse lange zurück, doch hatte die Zeit sie seinem Blick noch nicht vollständig entzogen, sodass sie ihm wieder deutlich vor Augen standen, als er durch die kleine Straße lief. Er blickte nach oben. Anders als früher, bestand das Dachgeschoss jetzt fast nur noch aus Glas; ein Innenarchitekt hatte dort sein Studio.

Mit dem Freundespaar war es traurig ausgegangen. Der eine war im vorigen Jahr an Aids gestorben, und der andere hatte sich, kurz nachdem sein Freund gestorben war, erhängt. Und ich laufe immer noch herum, dachte Onno Mulder. Sehr gerecht war das nicht, aber doch die Wirklichkeit, die einem bei dem Freundespaar fast kitschig vorkam, zu viel Pathos. Hier hatte sich der Tod, um seinen Rechtsanspruch zu demonstrieren, selbst überboten. Weniger spektakulär hätte auch gereicht.

In seinem Kopf dämmerten ein paar Zeilen, die wieder verschwammen und dann, teilweise verändert, zurückkehrten. Sie waren mit Bildern verbunden: Eisenbahngleise, flaches Land, in der Ferne ein Berg, dessen Spitze in Wolken gehüllt war.

Wenn er jetzt einen Ort zum Sitzen hätte, könnte er die Zeilen aufschreiben, bevor sie wieder verschwunden waren, geflohen in die dunklen Ecken seines Geistes.

Während er versuchte, die Worte festzuhalten, erinnerte er sich daran, wie die Freundin, mit der er bei dem Freundespaar gewohnt hatte, am Anfang ihrer Beziehung fleißig die Sätze notiert hatte, die er nachts, inspiriert von Alkohol und der Überzeugung, ein großer Dichter zu sein, mühelos und mit erhobener Stimme produzierte. Da er wusste, dass es nichts als krauses Zeugs sein konnte, hatte er sich am nächsten Tag geweigert, sie überhaupt anzusehen. Sie hatte (man konnte nie wissen) die Blätter in einer Mappe aufbewahrt und mitgenommen, als sie sich seiner Macht entzogen hatte. Vielleicht, dachte er besorgt, würden sie nach seinem Tod auftauchen, und er würde als ein im Grunde talentloser, zu seiner Zeit schwer überschätzter Dichter entlarvt werden.

Die kleine Seitenstraße mündete in eine andere Gracht. Gegenüber winkte das flackernde Neonschild eines Cafés, das gerade in Mode war – ein grünes Dreieck, ein gelber Kreis und querdurch ein paar rosa Linien.

Das Gedicht zur Erinnerung an den Tod seines Freundes Groenewei sollte ein langes Gedicht werden, weil nur ein langes Gedicht dem Thema gerecht werden konnte. Und es durfte kein Klagegesang werden, sondern (heureka! viel besser) eine Ode an das Leben, denn schließlich war der Filmemacher Groenewei ein lebenslustiger Mann gewesen, der sich trotz der vielen Misserfolge, die seine Arbeit mit sich brachte, nicht hatte unterkriegen lassen.

Dafür war ein Tumor nötig gewesen.

Und weil der Tod schon bei der Geburt anwesend ist, fragte Onno Mulder sich, ob der Tumor schon von der ersten Zeile an wie ein Signal im Hintergrund anwesend sein müsste – zunächst nicht zu erkennen für den Leser, der erst am Ende des Gedichts merken würde, dass der Tod all die Zeit über seine Rolle gespielt hatte, in vielen Maskierungen, deren letzte er erst am Ende des Stücks abwarf.

Das Bedürfnis, etwas aufzuschreiben, wurde stärker, und schnellen Schrittes lief er die Gracht entlang, überquerte eine Brücke und ging auf der anderen Seite derselben Gracht weiter, bis er zu dem Café gekommen war, das er ohne Zögern betrat. Den vage aufsteigenden Gedanken, dass er dabei war, die soundsovielte Niederlage in seinem Kampf gegen den Alkohol einzustecken, unterdrückte er schnell. Es war im Interesse seiner Arbeit, dass er sich in Gefahr begab. Die Inspiration steuerte jetzt sein Handeln, und sie würde sich gegen ihn wenden, wenn er diesen Prozess behinderte.

Am Sonntagnachmittag war es um diese Zeit noch nicht voll im Café. Einige Spätaufsteher, die lustlos in einer Zeitung blätterten, zwei junge Verliebte, die über den Tisch hinweg ihre Hände hielten, und am Fenster saß ein junger Mann mit Schlapphut, der ihm sichtlich ein paar Nummern zu groß war, und starrte nach draußen, nachdem er kurz zu Onno Mulder hingeschaut hatte.

Onno Mulder war kein regelmäßiger Besucher dieses Cafés, und die Gefahr, dass er Bekannte treffen würde, war sehr klein. Er war der Älteste hier, wie er das allmählich überall war. Ins Kino beispielsweise ging er schon seit einiger Zeit nicht mehr, denn bei seinen letzten Filmbesuchen hatte er das unangenehme Gefühl, in einer Vorstellung für Kinder gelandet zu sein. Er hatte den Eindruck, dass Filme nicht mehr für ihn gemacht waren.

Bei dem Mädchen, das sich von ihrem Platz hinter der Bar gelöst hatte und jetzt schweigend vor ihm stand, bestellte er eine Tasse Kaffee. Sie trug eine schwarze Hose, ein weißes Smokinghemd und eine lange weiße Schürze wie die Kellner der Tingeltangel im 19. Jahrhundert. Ihr orangerotes Haar war vermutlich gefärbt, und auf ihrer Nase balancierte eine große Brille mit grüner Fassung. Vielleicht würde er ihr später mehr Aufmerksamkeit schenken, aber jetzt ging seine Arbeit vor.

Während sie zur Bar zurückging, überlegte er es sich anders.

»Ach nein, bring lieber einen Tomatensaft«, rief er ihr nach. »Mit Tabasco.«

Ob sie es gehört hatte, war nicht deutlich, denn sie reagierte nicht.

Er nahm seinen Stift und ein Notizbuch, das er immer bei sich trug, und schrieb die Zeilen auf, die ihm eingefallen waren. Er schrieb noch ein paar Zeilen dazu, die sich als logische Folge anboten, aber dann stockte er. Er las, was er geschrieben hatte, und fand es nichtssagend.

Was ihm draußen noch sprühend lebendig und treffend erschienen war, machte, einmal aufgeschrieben, einen kümmerlichen Eindruck. Vielleicht hatte sein Hirn die Wörter nur schnell zusammengerafft, damit er eine Entschuldigung hatte, so rasch wie möglich in ein Café zu gehen. Wie sollte er seinen Freund Groenewei jemals ehren können, wenn er eine so kraftlose, stümperhafte Lyrik produzierte? Ein Gedicht über Leben und Tod und Freundschaft musste kraftvoll sein und sprachlich überzeugend; der Verfasser durfte nicht einen Augenblick den Eindruck erwecken, dass er gezögert hatte. Jede Zeile musste dem Leser unverzichtbar und wohlüberlegt erscheinen, angetrieben vom großen Atem und nicht von einer schwachen, kränkelnden Brise.

Noch immer schweigend, stellte ihm das Mädchen eine Tasse Kaffee hin. Er ließ sich nichts von seiner Raserei anmerken. Solange es kein Alkohol war, war es eigentlich gleich, was er trank: Es reichte ihm sowieso nicht. Nagendes Verlangen nach großen Gläsern Bier wuchs in ihm, und hinter diesem Bier winkten Whisky, Kognak und Genever, die Geborgenheit von Zigarettenrauch und lachenden Cafébesuchern.

Voll Wut, die ihm zugleich lächerlich vorkam, riss er das Zuckertütchen auf und leerte es in die fade, dunkelbraune Brühe. Während er im Kaffee rührte, merkte er, wie sein Zorn langsam verebbte. Er blickte zu dem Mädchen hinüber und fragte sich, ob sie die Änderung seiner Bestellung wirklich nicht gehört hatte. Es konnte aber auch sein, dass sie einfach querköpfig war, oder sie gehörte zu den Menschen, die durch unerwartete Veränderungen so durcheinandergebracht werden, dass ihr Gehirn sich weigert, sie zu registrieren, Menschen, die nur bis eins zählen können und dann noch eins und wieder eins. Sie lehnte sich mit den Ellenbogen auf die Bar und las in einem Buch – ein friedliches Bild (als säße er zu Hause und hätte eine kleine Schwester), das die letzten Spuren seines Ärgers wegwischte.

Welches Buch mochte sie lesen? Gedichte würden es wohl nicht sein; jedenfalls war die Chance sehr gering. Man könnte behaupten, dass es in den Niederlanden mehr Verfasser als Leser von Gedichten gab, und das wäre kaum übertrieben. Selbst die berühmten Dichter verkauften sich spärlich. Es war nur der Hartnäckigkeit einiger Verleger, einiger Kritiker und natürlich der Dichter selbst zu verdanken, dass das Genre noch existierte. Auch in den Bücherschränken seiner Bekannten, Leuten, die vor dem geschriebenen Wort nicht zurückschreckten, traf er selten auf einen Gedichtband – es sei denn, sie waren selbst Dichter. Die Lyrik genoss hohes Ansehen, niemand würde das leugnen, sie aber auch zu lesen waren nur wenige bereit.

Onno Mulder erinnerte sich an das erste Mal, als er wusste, dass es ein Gedicht war, was er geschrieben hatte. Sie wohnten damals am Wald, es war Sommer, und er hatte gerade erfahren, dass seine Eltern sich entschlossen hatten, ein Haus in der Stadt zu suchen, um dort für immer zu wohnen.

Aufgewühlt von dem Gedanken an die Zukunft, die

vor ihm lag, war er nach draußen gelaufen, in den Wald, den er ebenso gut kannte wie sein Zimmer und die Lieblingsbücher, die auf dem Bord seines Klappbetts standen. Das Sonnenlicht glitt durch das Blätterdach an den Baumstämmen hinab bis ins Moos und auf seine Sandalen. Ein unbestimmter Kummer zog an seinem Herzen, als hätte er schon jetzt Heimweh nach der Landschaft, in der er aufgewachsen war und durch die er jetzt noch lief, aber schon ein bisschen so, als gehörte er nicht mehr hierher. Heimweh, zusammen mit der Angst vor dem Kommenden: ein Leben in der Stadt, geheimnisvoll lockendes Wunder, Quelle unbekannter Entdeckungen.

Als er Stunden später nach Hause kam, war er sofort in sein Zimmer gegangen und hatte angefangen zu schreiben, über den Wald und das Moos und seine Füße in den Sandalen, das Gurren der Waldtaube und das Hämmern seines wild rasenden Herzens. Es war ein Gedicht, erkannte er, als es fertig war. Er war ein Dichter, sein Leben hatte eine Bestimmung, er war bereit für die Stadt.

Mit Groenewei hatte er irgendwann an einem Drehbuch für einen Fernsehfilm über solche Augenblicke der Wahrheit gearbeitet. Für Groenewei war es eine indonesische Wajang-Aufführung gewesen, die er als kleiner Junge im Koloniale Museum erlebt hatte. Sie sprachen auch mit einem Komponisten, der schwor, er habe seine Berufung schon in der Wiege bekommen, als er einmal frühmorgens noch vor der ersten Mahlzeit des neuen Tages plötzlich wahrgenommen habe, dass die Geräusche, die seine Rassel machte, aus unterschiedlichen Klängen aufgebaut waren.

Das Drehbuch war unfertig in einer Schublade verschwunden. Schon ziemlich bald hatten sie eingesehen, dass solche Augenblicke nicht visualisiert werden konnten. Sie konnten eigentlich nur in Worten nacherzählt werden, aber auch dann vermisste man den Kern, der unter Schichten späterer Interpretationen völlig verloren ging.

»Und, Meneer Mulder, haben Sie noch darüber nachgedacht?«, hörte er eine Stimme. Er blickte auf und sah den jungen Mann mit dem großen Schlapphut vor seinem Tisch stehen.

Onno Mulder hatte keine Ahnung, was er meinte.

»Eh …« Er zögerte, während ein entgegenkommendes Lächeln seine Lippen kräuselte.

»André Berg«, sagte der junge Hut. »Vor ein paar Abenden haben wir uns im Café Hoek miteinander unterhalten.«

»Ach ja, natürlich«, sagte Onno Mulder, als ginge ihm ein Licht auf, aber er erinnerte sich noch immer an nichts. Café Hoek kannte er wohl. Da landete er immer, wenn er sehr viel getrunken hatte.

»Erlauben Sie, dass ich mich kurz zu Ihnen setze?«, fragte André Berg. »Und darf ich etwas für Sie bestellen?«

»Einen Toma…, nein, ein Tonic.«

»Möchten Sie nicht lieber etwas anderes?«, sagte der junge Mann, der sich inzwischen hingesetzt hatte. »Einen Whisky? Ich habe jetzt Geld.«

Onno Mulder schüttelte den Kopf. Vermutlich hatte er sich da im Café Hoek als Gönner aufgespielt.

»Es war ein ziemlich turbulenter Abend, glaube ich«,

sagte er in dem Versuch, herauszufinden, was an dem Abend genau passiert war und worüber er nachdenken sollte.

»Es war eine tolle Stimmung. Und Sie haben meiner Freundin sehr geholfen mit dem, was Sie gesagt haben. Sie sieht es nun ganz anders«, sagte André Berg.

»Das freut mich«, sagte Onno Mulder erleichtert. Ganz offensichtlich hatte der Alkohol ihn an dem Abend mit guter Laune gesegnet.

»Und der Kerl zum Schluss, das war nicht Ihre Schuld. Der randaliert immer, wenn er getrunken hat.«

»Ach, ja, so ist das«, sagte Onno Mulder. Warum behielt der Junge eigentlich seinen Hut auf? Er erinnerte sich daran, wie er selbst sich in dem Alter zeitweise einen Bart hatte stehen lassen und immer in Schwarz herumgelaufen war.

Er nahm einen Schluck von seinem Tonic und beschloss, besser mit offenen Karten zu spielen.

»Du hast eben gefragt, ob ich noch darüber nachgedacht habe«, sagte er. »Aber wir haben über ziemlich viele Dinge gesprochen, und ich fürchte, ich kann mich nicht mehr an alles genau erinnern.«

»Das Gedicht«, sagte André Berg. »Das lange Gedicht, das Sie auf den Tod Ihres besten Freundes geschrieben haben. Sie würden es vielleicht in unserer literarischen Zeitschrift publizieren. In der zweiten Nummer. Aber Sie wollten noch darüber nachdenken.«

Onno Mulder biss sich auf die Lippen. Selbsthass überfiel ihn. Bluff und Eitelkeit eines Betrunkenen. Sie hatten ihn zu einem völlig Unbekannten über ein Gedicht sprechen lassen, das noch nicht einmal fertig war und vielleicht auch nie fertig werden würde, wenn er so weitermachte. Dem erstbesten Fremden gegenüber hatte er den großen Dichter herausgekehrt, der trotz seines Renommees ein bescheidener Mann geblieben war und sein Hauptwerk in der Anonymität eines obskuren Blättchens publizieren würde. Er hatte die Freundschaft verschachert, um sich bei einer neuen Generation anzubiedern. Und was hatte er zu der Freundin gesagt? Wenn sie jetzt hereinkäme, würde er sie nicht einmal erkennen.

»Ich bin vielleicht etwas vorschnell gewesen«, sagte er. »Das Gedicht ist noch nicht so, wie ich möchte.«

André Berg blickte vor sich hin. Wahrscheinlich hatte er bei seinen Mitredakteuren ziemlich dick aufgetragen. Aber als guter Redakteur ließ er nicht locker.

»Denken Sie, dass Sie es vor Dezember schaffen? Es sollte nämlich in die Weihnachtsnummer, und wir wollen für viel Publicity sorgen.«

Die Weihnachtsnummer von, wie hieß das Blättchen noch …? Onno Mulder stöhnte innerlich auf. Eine literarische Zeitschrift, die eine Weihnachtsnummer herausbrachte. In welche gerade erst der Schulzeit entwachsene Welt hatte es ihn verschlagen?

»Ich werde mein Möglichstes tun, aber ich kann nichts versprechen«, sagte er. »Ich muss jetzt gehen.«

Er stand auf und verabschiedete sich schnell, der alte Dichter, der ein Recht auf Absonderlichkeiten hatte. Er bezahlte seinen Kaffee an der Bar und schaute, welches Buch das Mädchen mit dem orangeroten Haar und der

Brille mit der grünen Fassung las. Gabriel García Marquez, *Chronik eines angekündigten Todes.*

»Guter Schriftsteller«, sagte er ungefragt, als ob ihr sein Gütesiegel auf ihrer Lektüre etwas bedeutete. Sie lächelte und nickte.

»Haben Sie es gelesen?«, fragte sie.

»Natürlich«, sagte er.

Doch das war schon wieder gelogen. Seine Trunksucht erlaubte es ihm in den letzten Jahren kaum, ein Buch zu lesen. In den wenigen Stunden, die er in nüchternem Zustand verbrachte, war er zu nervös, um sich auf ein Buch konzentrieren zu können; geistig ernährte er sich vor allem von Tages- und Wochenzeitungen, sodass er über fast alles mitreden konnte, solange das Gespräch oberflächlich blieb, und das tat es meistens. In diesem Fall kam hinzu, dass der Titel von Marquez' Buch ihm Angst machte. Sein Instinkt sagte ihm, ob zu Recht oder zu Unrecht, dass die Vertiefung in ein Buch mit einem solchen Titel leicht die Barriere durchbrechen könnte, die ihn von seinem eigenen Tod trennte.

Draußen war es dunkler geworden, in den Straßen hing noch derselbe Schleier. Die Begegnung mit dem jungen Kollegen hatte sein ohnehin labiles Gleichgewicht empfindlich gestört, am liebsten würde er sich jetzt sofort in die erstbeste Kneipe verkriechen, aber da er den weiteren Verlauf genau kannte, brachte er noch genügend Kraft auf, dieser Versuchung zu widerstehen.

Sein Mund und seine Lippen waren völlig ausgetrocknet, sein Körper hingegen nass vor Schweiß, der bittersüße Geschmack des Tonic stieß unangenehm auf. Eine

Gruppe italienischer Touristen, in ein fröhliches Gespräch verwickelt, kam ihm entgegen, ging an ihm vorbei, und hinter ihm erstarb das Geräusch.

Er versuchte wieder an das Gedicht zu denken, doch das hatte sich beleidigt zurückgezogen.

Entschlossen setzte er einen Fuß vor den anderen, ohne genau zu wissen, wo er ging oder wohin er auf dem Weg war. Er hatte das Gefühl, vollkommen leer zu sein. Nur das Gewicht seiner Schuhe und seiner feuchten Kleidung hinderten ihn daran, für immer davonzuschweben. Die panische Idee, dass er der Welt zu entgleiten drohte, ließ Onno Mulder vor dem – wie sich erwies – Schaufenster einer Kunsthandlung stehen bleiben. Er drückte die Stirn gegen die Scheibe.

In der Mitte des Schaufensters war als Prunkstück ein alter Stich ausgestellt, eine Gracht. Nach ein paar Augenblicken wurde ihm bewusst, dass es eine Abbildung der Gracht war, in der er gerade stand. Diese Erkenntnis brachte ihn wieder in die Gegenwart zurück, und gleich darauf lief er weiter, bis er in eine lange Einkaufsstraße kam, wo er sich unter die Menge der schlendernden Sonntagsspaziergänger mischte.

In der Stadt, in der er wohnte, und auch in den Städten, die er besucht hatte, und übrigens auch in Landschaften, gab es Orte, die ihn nie im Stich ließen – diese Straße war einer davon. Es waren Fluchtorte, die ihn für kurze Zeit von den quälenden Ängsten und Schuldgefühlen erlösten. Sie schenkten ihm die Illusion, in einer Welt zu sein, die nicht von Spukbildern beherrscht wurde.

Orte, wo man sanft landet, nannte Onno Mulder sie für sich, und wo immer er sich aufhielt, war er auf der Suche nach diesen Orten. Im Voraus ließ sich nie sagen, wo er einen solchen Ort finden oder wie der Ort aussehen würde. Dass er sich in dieser Einkaufsstraße so wohl fühlte (es war eher so, als habe er hier für kurze Zeit sein Ziel gefunden), bedeutete nicht, dass er überall auf der Welt in Einkaufsstraßen dasselbe Gefühl hatte.

Kirchhöfe waren ganz besonders geeignete Orte, um sanft zu landen; und dennoch kannte er nur einen, auf dem ein besonderer Friede über ihn kam: der Friedhof von Montmartre in Paris, der als kleines Juwel eingebettet lag in dem Getöse der Stadt.

Das erste Mal war er mit Groenewei dort gewesen, der auf der Suche war nach Orten für einen Film über Trauer, und da durfte ein Friedhof natürlich nicht fehlen.

»Nein, das ist es nicht«, hatte Groenewei gesagt, als sie eine Weile dort herumgelaufen waren. »Es ist zu … ich weiß es nicht, ich merke hier nichts. Es ist nicht stark genug.«

Es war eine der wenigen Situationen gewesen, in denen er ein an Irritation grenzendes Erstaunen über die Reaktion seines Freundes verspürte, so sehr, dass er sich für einen Augenblick fragte, ob ihre Freundschaft nicht auf einem Missverständnis beruhte, vor allem, als Groenewei dann noch dem Père Lachaise den Vorzug gab, dieser prätentiösen Totenstadt, die mit hohlen steinernen Gebärden darauf zu beharren sucht, es gäbe etwas wie Unvergänglichkeit.

Groeneweis Wahl des Totenackers hatte übrigens dem

Film nicht geschadet, denn er gewann damit Preise in Oberhausen und Montreal.

Dass er seine Orte häufiger in Städten als auf dem Lande fand, lag daran, dass seine Reisen ihn nicht so oft und nicht so lange aus den Städten hinausführten. Und wenn er sich in einer Landschaft aufhielt, war sein Bedürfnis nach einem solchen Ort weniger groß. Vielleicht war die Landschaft insgesamt ein Ort, um sanft zu landen. Obwohl …

Vor einigen Jahren war er nach einer durchzechten Nacht in dem hemmungslosen Verlangen, noch einmal den Wald zu sehen, der an der Wiege seines ersten Gedichts gestanden hatte, in einen frühen Zug gestiegen. In der Provinzstadt, wo er den Zug verließ, nahm er einen Überlandbus, der ihn nach der Fahrt auf einer neuen unbekannten Autostraße schließlich in der Umgebung des Ortes ablieferte, wo er seine Jugend verbracht hatte – dem Ur-Ort seines sanften Landens.

Der Wald war zum größten Teil abgeholzt. Was übrig geblieben war, durfte nicht betreten werden. Überall hatte man Bungalows gebaut. Nur hier und da, in Gärten mit glatt geschorenem Rasen, überlebte noch ein ursprünglicher Baum. Der Sandpfad, der so viele seiner Fußabdrücke gekannt hatte, war verbreitert und asphaltiert. Was in seiner Erinnerung als Wildnis weitergelebt hatte, war ein übersichtlich geordnetes Wohngebiet geworden.

Das Haus, in dem seine Eltern und er gewohnt hatten, war nicht wiederzuerkennen. Ein überwiegend aus Glas bestehender Flügel war angebaut worden, und dort hatte sich ein Maklerbüro etabliert. Neben dem Haus, wo früher ein baufälliger Holzschuppen gestanden hatte, sein Hauptquartier, von dem aus er seine Feldzüge in die Umgebung unternahm, stand eine Garage. Im Vorgarten, einst ein geheimnisvolles, holpriges Gelände voll undurchdringlicher Sträucher, jetzt eingeebnet und mit der offenbar vorgeschriebenen Grasmatte versehen, stand eine Fahnenstange und wartete auf einen Feiertag. Zu beiden Seiten dessen, was der heutige Besitzer zweifellos Auffahrt nannte (auch asphaltiert), standen als Prachtstücke in vollem Glanz ihrer hier zur Geschmacklosigkeit verkümmerten Schönheit zwei aus städtischem Nachlass übernommene Laternenpfähle.

Es war offenbar keine so gute Idee von Onno Mulder gewesen, zu seinen »Wurzeln« zurückzukehren. Sich selbst verfluchend wegen seines spontanen Ausflugs – in einem besseren Zustand, wenn er hätte nachdenken können, wäre er nie in dieses Abenteuer hineingeraten, auch wenn es eigentlich nur Trägheit war –, lief er zurück zur Autostraße, wo er gerade noch den Bus erwischte, der alle vier Stunden fuhr.

Der Zufall versöhnte ihn einigermaßen mit seiner misslungenen Mission, und so stieg er dennoch ziemlich gut gelaunt in dem Provinzstädtchen aus. In einem Café gegenüber vom Bahnhof aß er ein Spiegelei und trank ein paar Gläser Bier. Entspannt schaute er den Billardspielern zu und wünschte, dass dieser Nachmittag und die friedliche Stimmung in dem Café ewig miteinander vereint bleiben könnten. Er begann mit einem Gedicht, einer Ergänzung zu jenem Gedicht, das in einer für immer vergangenen Zeit im Wald entstanden war. Er bestellte ein Glas Wein und entleerte ausgiebig seine Blase.

Und nach einer Weile, wie es allerdings öfter in Cafés vorkam, nur dass er es hier nicht erwartet hatte, sprach ihn jemand an.

»Sind Sie nicht Onno Mulder?«

Der Mann mit dem roten Gesicht und dem blonden Schnurrbart, der van Rekum hieß (so verstand Onno Mulder den Namen jedenfalls), war Journalist der Lokalzeitung, die dreimal wöchentlich erschien. Er war auch Korrespondent einer überregionalen Tageszeitung, aber die Informationen, die er weitergab, wurden selten veröffentlicht. Und als endlich hier in der Gegend ein Düsenjäger auf einen Bauernhof stürzte, war er gerade im Urlaub gewesen.

»Was hat Sie denn hierher verschlagen?«

Dem Ton konnte man anhören, dass der Mann keine allzu hohe Meinung von seinem Heimatort hatte und sich eigentlich zu Höherem berufen fühlte.

»Ich habe meine Jugend hier verbracht«, antwortete Onno Mulder. Es klang wie eine Zurechtweisung. »Ich habe sehr glückliche Erinnerungen daran.«

Van Rekum lief zur Bar und kam mit zwei Gläsern Wein zurück. Als er wieder saß, sagte er: »Es ist vielleicht eine unverschämte Frage, aber nun, wo Sie doch hier sind – dürfte ich wohl ein Interview mit Ihnen machen? Dann kann es noch in die Samstagszeitung.«

»Das kann ich wohl kaum ablehnen«, sagte Onno Mulder.

Einer der Billardspieler war, wie sich herausstellte, der

Fotograf der Lokalzeitung, der ziemlich unwillig sein Spiel unterbrach, um seine Kamera von zu Hause zu holen.

»Es ist schließlich mein freier Nachmittag«, sagte der Fotograf.

»Dies sind echte Neuigkeiten«, antwortete van Rekum mit einem Verständnis heischenden Lächeln zu Onno Mulder ob so viel provinzieller Trotteligkeit.

Das Interview nahm seinen Lauf. Je mehr Gläser vor Onno Mulder hingestellt wurden, desto besser war er in Form. Die Lyrik kam kaum zur Sprache, denn davon hatte van Rekum, wie er ehrlich zugab, keinen blassen Schimmer, und den meisten Lesern, fürchtete er, ginge sie auch über den Horizont. Mit Texten zur Literatur würden sie im Übrigen von einem eigenen Leserservice versorgt, dem sie angeschlossen waren.

Was für die Leser dagegen interessant sein würde, war die Nachricht, dass der Dichter in diesem Teil der Niederlande aufgewachsen war; die Leute konnten nie genug bekommen von allem Wissenswerten aus der heimischen Umgebung.

Onno Mulder sagte, seine Jugendjahre in dieser Gegend seien von durchschlagender Bedeutung für sein Schreiben gewesen, und Spuren davon ließen sich noch immer in seinem Werk finden, ja, ohne die Wälder und die Bauernhöfe, den Duft von Mist und eingemachten Rüben und den beißenden Rauch von Holzfeuer hätte er vielleicht niemals geschrieben, jedenfalls nicht so, wie er jetzt schriebe, und die Menschen in der Stadt hätten keine Ahnung von den Werten, die das platte Land biete, und auf einem Bauernhof sei mehr nuancierte Freude und Tragik zu erleben als in der gesamten gewaltig überschätzten Stadt zusammen, und das sei etwas, wovon der größte Teil seiner Kollegen, über die er sonst kein böses Wort verlieren wolle, keine Ahnung habe oder haben wolle, gefangen wie sie seien in der selbstgenügsamen Vorstellung, dass in der Stadt das menschliche Leben seine intelligenteste Form gefunden habe, während, so dürfe er ruhig behaupten, mehr Einsicht und Gefühl zum Säen und Im-Wachsen-Begleiten und zum Schluss Aus-der-Erde-Ziehen einer Runkelrübe gehörten als für, nun ja, was auch immer, in der Stadt, die eine Hölle ohne Feuer sei.

»Aber ihr müsst hier schon aufpassen«, sagte er zu van Rekum und zu den anderen, die sich im Laufe des Nachmittags zu ihnen gesetzt hatten und ihm, dem Dichter-Orakel aus der Großstadt, fasziniert lauschten, so dachte er wenigstens. Und in scharfen Worten prangerte er die schändliche Art an, wie der Wald seiner Jugend (sein Wald!) behandelt worden sei.

»Makler Torenburg«, hieß es. Van Rekum ließ durchblicken, er verfüge über Informationen, welche diesen Herrn, der überall mitmischte, schlecht aussehen ließen. Aber sein Chefredakteur ginge bei den Torenburgs ein und aus, mehr brauche ich dir also nicht zu sagen, Onno.

Später gesellte sich auch die Buchhändlerin des Ortes noch hinzu. Man hatte ihn vor ihrem Eintreffen informiert – grinsend und mit jungenhaftem Sich-Anstoßen: ein hübsches Mädchen, ein munteres Mädchen, aber leider, leider nicht an Männern interessiert. Mit ihr war er schnell in ein angeregtes Gespräch vertieft über Wohl und Wehe des Buchhandels in einer kleinen Provinzstadt. Lyrik? Wenn sie zehn Gedichtbände im Jahr verkaufe, sei das viel. Die Leute hier seien zu nüchtern dafür; als müsste man ein ausgemachter Spinner sein, um Gedichte zu lesen …

Noch später aßen sie in kleinem Kreis in einem Bistro, »echt französisch«, Zwiebelsuppe und Baguettes und an der Wand ein Poster vom Eiffelturm. An dieses Essen erinnerte Onno Mulder sich am nächsten Tag nur vage, ein paar Gesprächsfetzen, spukartige Szenen wie aus einem Stummfilm – die großen entsetzten Augen der von ihrem Ehemann herbeizitierten Mevrouw van Rekum, als er der Versuchung nicht hatte widerstehen können, ihr unter dem Tisch mit der Hand zwischen die Beine zu greifen, die umgestoßenen Weingläser, sein Sturz der Länge nach über den Tisch, als er sich erhoben hatte, um ein Gedicht zu deklamieren, und auch, welche Katastrophe, sein wildes Herumbrüllen (so stumm war dieser Film also doch nicht gewesen) in die Richtung eines Tisches weiter hinten, wo Makler Torenburg an seinem *Entrecote Provençale* saß, zusammen mit van Rekums Chef.

Die ganze Zeit über hatte er sich als ein außerhalb jeglichen Gesetzes stehender großer Dichter gefühlt, hoch erhaben über jede Umgangsform, ein Mann, der nur dem Ruf der Muse lauschte.

Sein Leben erschien ihm mehr und mehr als eine Folge solcher Szenen, die sich vor einer immer fadenscheinigeren Kulisse abspielten.

Während Onno Mulder sich inmitten der Menschenmenge durch die Einkaufsstraße fortbewegte, wo man, sofern geschlossene Rollläden das nicht verhinderten, Schaufenster ansah, begann das Gedicht sich wieder schüchtern zu rühren.

Gestorbener Freund – ein Anfang, der sofort gestrichen werden musste, denn mit Wörtern beschwor er den Tod. Bahnhof im Schneetreiben, Wörter, aus denen sich ein Bild formte. Er erkannte darin ein Erlebnis wieder, das er mit Groenewei gehabt hatte. Im Schnee treiben – antwortete das Echo in ihm. Wörter waren wetterwendisch, unzuverlässig; ehe man sich's versah, führten sie einen in die Irre.

Das Bild des kleinen Bahnhofs am Rande einer Stadt, spät am Abend, stand klar und deutlich vor ihm – daran gab es nichts zu rütteln. Selbst wenn man ein Foto zerriss, weil man den Anblick des Abgebildeten nicht länger ertrug, existierte das Bild weiterhin unversehrt im eigenen Kopf.

Schnee trieb aus der Dunkelheit heran und jagte im Neonlicht der Überdachung quer über den Bahnsteig und verlor sich wieder, noch einmal kurz auffunkelnd, in der Dunkelheit der anderen Seite.

Warum tauchte diese Momentaufnahme vor ihm auf?

Groenewei und Onno Mulder standen auf dem Bahnsteig und warteten auf einen Zug, dessen Ankunft mit jeder Minute unwahrscheinlicher wurde. Schon tagelang fuhren die Züge wegen des unbarmherzigen Winterwetters nur unregelmäßig, und anscheinend war der öffentliche Verkehr jetzt vollends zum Erliegen gekommen.

Der Bahnhof war nicht besetzt, und die Telefonzelle beleuchtete in ihrem Innern einen kaputten Apparat, sodass sie sich keine Auskunft holen konnten.

»Die Welt ist untergegangen, nur wir wissen es nicht«, sagte Groenewei. Er machte nicht den Eindruck, als litte er darunter. Sein Blick war vergnügt, und sein kleiner dicker Körper, der Onno Mulder gerade bis an die Schulter reichte, strahlte Unerschütterlichkeit und Unternehmungslust aus.

»Was machen wir? Warten wir noch ab, oder gehen wir zurück und suchen uns ein Hotel?«

»Lass uns noch zehn Minuten warten«, sagte Onno Mulder, der es nicht für unmöglich hielt, dass dieser aufgezwungene Aufenthalt in eisigem Wind und Schneetreiben auf die Dauer seine poetischen Früchte abwerfen könnte. Der Winter übte eine günstige Wirkung auf sein schöpferisches Können aus, wie er dachte. Träge Wortwollust und Schnörkelsucht erfroren und wurden gleichsam im Keim erstickt.

Er nahm einen Schluck Kognak aus dem Flachmann, den er zur Sicherheit vorher eingesteckt hatte. Sein Freund, der versuchte, sich mit den Armen warm zu schlagen, trank nicht. Das respektierte Onno Mulder mit der beschützenden Liebe des Trinkers für Nichttrinker.

Sie hatten den Abend in einem Filmhaus zugebracht, in dem mehrere Kurzfilme von Groeneweis gezeigt worden waren. Er selbst hatte einleitende Worte zu seinen Filmen gesprochen und Fragen aus dem Saal beantwortet. Fragen? Eine einzige Frage zur genauen Datierung eines der Filme, und die wurde auch noch von dem Direktor des Filmhauses gestellt, einem übernervösen Filmfan mit Pubertätspickeln und herabrutschender, schmuddeliger Brille.

Obwohl Groenewei auf der ganzen Welt einen großen Namen in Avantgardekreisen hatte, waren nur acht Leute gekommen, aber keiner hatte Mühe damit, dies dem Wetter zuzuschreiben. An der unvermeidlichen Bar, die der Zufluchtsort für die Jugendlichen dieser Gegend zu sein schien, war es voller als in dem kleinen Saal. Während der Vorführung von Groeneweis Filmen mussten die Jugendlichen ab und an zur Ruhe ermahnt werden.

Aber Groenewei ließ sich den Abend einfach nicht verderben, nicht nur, weil er von Natur aus ein sonniges Gemüt hatte, sondern vor allem, weil der Direktor es geschafft hatte, Groeneweis ersten Film ausfindig zu machen, der vor Jahren auf einem Festival in Montevideo spurlos verschwunden war und den jemals wiederzusehen er längst die Hoffnung aufgegeben hatte. Als Honorar hatte der Direktor Groenewei sein Debüt am Ende zurückgegeben.

Der Film hieß *Das Glück* und dauerte nur etwa vier Minuten. Er hielt in einer kontinuierlichen Kamerabewegung Aufwachen und Aufstehen eines jungen Mädchens fest (Groeneweis erster Freundin). Die Aufnahme fand in einer Dachkammer statt (Groeneweis erstem Zimmer), dessen kleines Fenster auf einen Park hinausging, wie man bemerkte, als die Kamera (Groeneweis erste Kamera) das Mädchen für einen Augenblick losließ, um nach einem kurzen Schwenk auf die blühenden Bäume blitzschnell wieder zu ihr zurückzukehren und zu beobachten, wie sie gähnte und sich dehnte und streckte und in die Kamera lächelte, die Decke zurückschlug und aus dem Bett stieg und in einen Morgenrock schlüpfte und nach einigem Herumhantieren mit einer Zigarette und einem Feuerzeug aus dem Zimmer ging, gefolgt von der Kamera, in einen schmalen, dämmrigen Gang, bis beide an einem Waschbecken angelangt waren, wo das Mädchen, nachdem sie ihr Gesicht eine Zeit lang im Spiegel studiert hatte, eine Tube Zahnpasta nahm und etwas von der weißen Substanz auf ihre Zahnbürste drückte und diese im Close-up an den Mund führte und der Film aus und vorbei war.

»Das Schönste, was ich jemals gemacht habe!«, rief Groenewei begeistert. »Ist es nicht rührend? So naiv werde ich nie mehr sein. Wie fandest du es?«

»Süß«, sagte Onno Mulder, »jung und frisch.«

»Jung und frisch, ja, das ist es«, nickte Groenewei strahlend. »Solch ein Shot ohne Ende würde ich heute nicht mehr wagen. Das würde man jetzt furchtbar manieriert finden. Aber hier funktionierte es, findest du nicht auch?«

»Auf jeden Fall. Er wirkt kein bisschen antiquiert. Dass du ihn vor so langer Zeit gedreht hast, sieht man eigentlich nur daran, wie sie ihr Haar trägt und an der Zahnpastamarke. Ein reizvolles Mädchen übrigens. Was ist aus ihr geworden?«, sagte Onno Mulder, angenehm beschwipst.

»Sie ist tot.«

»Oh, entschuldige.«

»Nein, macht nichts. Als der Film fertig war, hörte die

Liebe auch bald auf. Sie ist noch eine Zeit lang mit einem Amerikaner, einem Jazzmusiker, durch Europa gezogen, und in Barcelona ist sie an einer Überdosis gestorben. Ach, es ist lange her. Fast jeder Film, den ich mache, kostet mich eine Frau. Nicht, dass sie alle sterben, das nicht. Auf die Dauer natürlich doch.«

Wie lange war dieser Abend her? Etwa zwölf Jahre, schätzte Onno Mulder. Er kannte Groenewei damals noch nicht lange. Er war ihm begegnet, als dieser ihn gefragt hatte, ob er eines seiner Gedichte in einem Film verwenden dürfe. Das Gedicht ließ sich am besten beschreiben als ein Anfall von Wut, auf sich selbst, auf die Welt, na ja, auf ungefähr alles, was nicht niet- und nagelfest war.

Groeneweis Filme hatten immer eine große Emotion zum Thema: Leidenschaft, Kummer, Hass und nun also Wut. Sie ließen sich schwer beschreiben. Halb Dokumentarfilm, halb autobiografisch – früher hätte man sie wahrscheinlich Filmgedichte genannt. Jetzt waren sie schwer einzuordnen, es sei denn in der Kategorie »starke persönliche Expressivität eines einzigartigen Filmtalents, das eigensinnig seinen Weg geht«.

Sie hatten etwas aneinander erkannt und sich sofort angefreundet, beide in dem Gefühl, dass es diese Freundschaft schon immer gegeben hatte. Noch nie war Onno Mulder so mühelos mit jemandem umgegangen. Es heißt, dass man nach seinem vierzigsten Lebensjahr nur noch schwer Freundschaften schließt, also hatte er Glück gehabt, vor allem, wenn man bedachte, wie viele er schon durch sein unberechenbares Verhalten verloren hatte.

Dass er trank, störte Groenewei nicht, so wenig es ihn

selbst störte, dass Groenewei nicht trank. Zwar ließ er, wenn er mit Groenewei unterwegs war, einige Vorsicht walten, sodass die albtraumhaften Seiten seines Trinkerlebens, die Groenewei zweifellos aus den Erzählungen anderer kannte, in seiner Gegenwart nicht zutage traten.

Sie hätten zusammen alt werden können, hätte Groeneweis tödliche Krankheit dem nicht einen Riegel vorgeschoben. Und das war natürlich ganz besonders ungerecht, denn wenn jemand hätte sterben müssen, dann wäre es Onno Mulder gewesen. Aber auch dann wäre ihre Freundschaft zu Ende gewesen.

»Los, komm, wir suchen uns ein Hotel. Das hier ist der helle Wahnsinn«, sagte Groenewei, und gleich darauf wateten sie knietief durch den Schnee auf der Suche nach einem Hotel, das sie zweifellos gefunden hatten, auch wenn Onno Mulder sich jetzt, während er durch die Einkaufsstraße lief, nicht mehr daran erinnerte.

Wahrscheinlich war er an der Bar hängen geblieben, während Groenewei, der gut für sich selbst sorgte, ins Bett gegangen war. Die Kleider ordentlich auf dem Bügel im Schrank, und auf dem niedrigen runden Tisch mit dem Sessel daneben die Filmzeitung, und darin der schwarz-weiße Beweis, dass seine erste Geliebte gelebt hatte.

Die Einkaufsstraße führte auf einen Platz, an dem sich ein Café ans andere reihte, einige mit provozierender Leuchtreklame am Giebel und drinnen mit dem pulsierenden Dröhnen der neuesten Unterhaltungsmusik, andere dunkler, verhüllter, mit gedämpfterem Licht und gesetzterem Publikum, altmodische, gemütliche Lokale, wo ein schon älterer Dichter in aller Ruhe an seinem Gedicht arbeiten könnte, seiner Ode an das Leben, geboren aus dem Tod seines Freundes. Wieder sah Onno Mulder für den Bruchteil einer Sekunde den Bahnhof vor sich und die beiden Freunde, die sich gegen den Wind stemmten und dort für immer in dem verwehenden Schneetreiben stehen würden.

Es musste doch möglich sein, dachte Onno Mulder, während das Verlangen nach Alkohol ihn schwindelig machte, es musste doch möglich sein, dass er, sagen wir zwei, drei Wochen lang, jeden Nachmittag beispielsweise von halb drei bis fünf in solch einem ruhigen Café, wo niemand ihn stören und wo der Ober vielleicht einigen Respekt vor einem trinkenden Künstler des geschriebenen Wortes haben würde, regelmäßig an seinem Gedicht weiterbauen könnte, bis es vollendet war. Und dass er, wenn er mit seiner Arbeit für diesen Tag fertig war, ohne dass das Ganze außer Kontrolle geriet, noch ein paar Gläser trank, während er, mit halbem Ohr den Gesprächen der Stammgäste und dem Klicken der Billardkugeln lauschend, die Abendzeitung las.

Als er jung war und sehr primitiv wohnte und meinte, er hätte noch alle Zeit der Welt, schrieb Onno Mulder immer in Cafés. Nicht nur Gedichte, sondern auch Texte für die Zeitung und Erzählungen für Zeitschriften, sogar Übersetzungen von Theaterstücken; all die Dinge, die er tat, um sich und seine Poesie am Leben zu erhalten, entstanden dort. Er hatte das Gefühl, aufgenommen zu sein in die Tradition einer nicht so sehr niederländischen, vielmehr europäischen Kaffeehauskultur.

Alkohol gehörte nicht dazu, der kam später am Tag, abends, auf Partys, und diente nur dazu, die Fröhlichkeit noch intensiver zu machen, die Tänze wilder und die Liebe ungestümer. Trinken in der Nacht – das war poetisches Leben, jung und frisch, ebenso jung und frisch wie Groeneweis erster kleiner Film, dieses schöne Gesicht, das nach einem kurzen Blinzeln hell aufging im Morgenlicht, die Lippen, die sich in den Mundwinkeln nach oben kräuselten, die Hand, die das Haar aus dem Gesicht strich, und das Licht, das unsterblich diese Hand streichelte.

Aber nach und nach, so wie ein Spiegel fleckig wird, hatte dieses klare Bild sich getrübt und war ein dämmriger Weg aufs Ende zu geworden. Die spontane Freude und die leidenschaftliche Neugier, womit er sich einst der Poesie verschrieben hatte, waren längst verkümmert, eine Strafarbeit in Sachen Selbstdisziplin. Die Fahne seiner Poesie, zerrissen jetzt, aber immer noch eine Fahne, die er nicht einziehen durfte.

Zwischen zwei Cafés lag eine Imbissbude, dort hinein ging Onno Mulder. Er bestellte ein Tatarbrötchen mit Zwiebeln.

»Haben Sie Bier?«, fragte er.

»Nein, Meneer, das verkaufen wir nicht. Das kriegen Sie nebenan.«

»Also dann Buttermilch.«

Natürlich wusste er genau, dass es hier kein Bier gab, aber er hatte es nicht lassen können. Und es war, als würde das Wort »Bier« ihn befreien. Auch wenn er sich noch einigen Aufschub verordnet hatte, indem er gerade hier Alkohol verlangte, es würde jetzt nur noch eine Frage der Zeit sein, bis das erste Glas des Tages vor ihm stand. Er hatte einen Entschluss gefasst, und er spürte, wie die trübe Stimmung wich und einer erregten Erwartung und sogar Arbeitslust Platz machte.

Es war nicht undenkbar, dass er jetzt, wenn er sich hinsetzte, das Groenewei-Gedicht ohne Unterbrechung aufschreiben könnte, befreit wie er war von seinem Alkoholproblem. In diesem Ringen steckte viel zuviel Energie, Energie, die er nur allzu dringend für das Gedicht benötigte und die er also nicht vergeuden durfte.

Einer der Orte für eine sanfte Landung in seiner Stadt war für Onno Mulder das Museum für Moderne Kunst, dessen regelmäßiger Besucher er war, seitdem er in dieser Stadt wohnte. Jahrelang war er nur um der Kunst willen hierhergekommen, die ihm nicht modern genug sein konnte und die ihm das Gefühl gab, in diesem nicht allzu kunstsensiblen Teil der Welt dennoch zu einer internationalen Bruderschaft von Künstlern zu gehören, deren Vorhut sich nicht nur in New York und noch einigen anderen Städten etablierte, wo man nicht wusste, wohin mit seinem Zaster und seiner Liebe zur Kunst, sondern auch in dieser Stadt.

Sein Interesse für das, was Maler taten (ach, warum sollte er es nicht Liebe nennen?), war im Laufe der Jahre nicht geringer geworden, und er ging noch oft ins Museum, auch wenn er nicht mehr jede Ausstellung besuchte. Doch allein schon das Wissen, dass diese Kunstwerke dort hingen, diese Früchte der intensiven Arbeit hingebungsvoller Himmelsstürmer, vermittelte Onno Mulder ein Gefühl der Geborgenheit. In dieser Welt fühlte er sich zu Hause, und in diesem Gebäude fühlte er sich sicher. Die Marmortreppen, die zu den Sälen im oberen Stockwerk führten, waren abgenutzt – auch durch sein Zutun, außer vielleicht in der Phase, in der er Turnschuhe trug, wie es damals Mode war.

Manchmal konnte er ein leichtes Gefühl von Neid nicht unterdrücken, wenn er feststellte, wie viele Menschen (ganze Familien manchmal) offensichtlich von den Bildern seiner malenden Zeitgenossen angezogen wurden. Unverkennbar war für die Dichter irgendwann der Zug abgefahren.

Bevor er sich auf den Weg zum Museum machte, hatte er in der Imbissbude noch ein weiteres Glas Buttermilch getrunken, denn das konnte jetzt, wo seine Entscheidung einmal gefallen war, nicht schaden. In seiner Menschenliebe, die ihn ergriffen hatte, seitdem der weitere Verlauf des Tages in gewisser Weise geregelt war, hatte er sogar ein kurzes Gespräch mit dem grau gelockten Mann angefangen über die jährlich wachsende Zahl der Touristen in der Stadt – vor allem Italiener, war ihm aufgefallen.

»Meneer, Sie hören mich nicht klagen.«

»Nein, das kann ich mir vorstellen. Na, dann weiter gute Geschäfte«, sagte der Dichter und ließ, als Mann von Welt, ein etwas zu kleines Trinkgeld zurück.

Mit forschem Schritt lief er in Richtung Museum. Das Wetter war noch dasselbe, das Licht war schon fast das Licht des Abends, obwohl es noch keine vier Uhr war.

Als er durch die breite Straße mit den hohen Bäumen

lief, in der das Museum lag, blieb er wie gewohnt einen Augenblick vor einem der Häuser stehen und inspizierte einen Fleck unten an der Vorderfront. Ja, die vier in den grauen Stein geritzten Kreuzchen waren noch da, und es bestand die begründete Hoffnung, dass sie auch noch dort sein würden, wenn er längst tot und begraben und seine Gedichte vergessen waren.

Bevor er weiterging, strich er mit dem Zeigefinger an den Kreuzen entlang. Er selbst hatte sie vor langer Zeit mit der Spitze seines Taschenmessers dort eingeritzt, das er damals zur Erinnerung an seine Jugendjahre in den Wäldern immer bei sich trug.

Jedes Kreuzchen stand für einmal Schlafen mit seiner Freundin Myra, die bei ihrer Tante zur Untermiete wohnte und das erste Jahr der Schauspielschule besuchte. Spätabends, wenn die Tante sich schlafen gelegt hatte, schlich er hinter Myra die Treppe hinauf.

Länger als vier Kreuzchen hatte ihre Liebe nicht gedauert. Was aus Myra geworden war, wusste er nicht, keine bekannte Schauspielerin jedenfalls. Seine Erinnerung an sie war nur vage, ihr Gesicht hatte etwas Indianisches, und manchmal weinte sie plötzlich, ohne dass er den Grund herausfand. Aber sehr genau erinnerte er sich an sein Gefühl frühmorgens, die Tante noch in tiefem Schlaf, als er das Haus verließ, nachdem er zum ersten Mal mit Myra geschlafen hatte, genauer, zum ersten Mal mit einer Frau geschlafen hatte. Es war ein Gefühl großen Triumphes gewesen. Die Welt lag vor ihm, nichts konnte ihm mehr geschehen. Man würde von ihm hören.

Im Museum war Onno Mulder das Glück hold. Er war ohne Umschweife ins Restaurant geeilt, und als er sich in der Reihe der Wartenden vor der Selbstbedienungstheke vorwärtsschob, sah er, dass die Leute an seinem Lieblingstisch hinten in der Ecke sich anschickten wegzugehen. Nur ein paar unwillige Kinder mussten noch in dicke Mäntel eingepackt werden.

Als er seine Flasche Wein bezahlt hatte (auf Bier hatte er im letzten Augenblick verzichtet – zu kalt), war der Tisch frei, aber andere Leute steuerten bereits darauf zu. Mit großen Schritten ging er hinter ihnen her, überholte sie im letzten Augenblick und setzte sich schnell hin. Nach einigem Murren zogen die anderen ab.

Er legte alles auf dem Tisch bereit, Stift, Zigaretten, Feuerzeug, schraubte dann die Weinflasche auf und schenkte sich ein. Er leerte das Glas in zwei Zügen und füllte es wieder neu. Er steckte sich eine Zigarette an, nahm seinen Stift in die Hand, starrte auf das Papier, aber kein Wort wollte sich einstellen. Der Tod, murmelte er, das Leben, in der Hoffnung, das Aussprechen dieser Wörter würde eine Kettenreaktion auslösen.

Als diese ausblieb, nahm er noch einen Schluck und ließ seinen Blick durch das Restaurant schweifen, scheinbar nachdenklich, falls ihn jemand beobachten sollte. Unter all den geschäftigen Leuten, die weggingen, anderen, die sich setzten, sah er am Eingang des Restaurants seinen Freund Vollebracht stehen, zusammen mit Liza, seiner neuen jungen Frau. Sie blickten sich um. Onno Mulder stand auf und winkte ihnen zu, bis sie ihn sahen und ihre Gesichter sich aufhellten.

»Dürfen wir uns zu dir setzen, oder bist du beschäftigt?«, fragte Vollebracht und zeigte auf den Stift und das Notizbuch.

»Nein, setzt euch. Ich wollte gerade aufhören«, sagte Onno Mulder. »Es ist genug für heute.«

»Ich werde etwas zu trinken holen«, sagte Liza. »Für dich auch noch etwas?«

»Bring mir noch mal einen Wein mit«, sagte der Dichter.

»Arbeitest du hier öfter?«, fragte Vollebracht. »Ist es nicht viel zu unruhig?«

»Das finde ich gerade angenehm. Dann habe ich die Vorstellung, dass ich noch ein bisschen am Leben teilnehme.«

»Wahnsinnig, dass wir dich hier treffen«, sagte Liza, die mit einem vollen Tablett zurückkam. »Ich habe heute Nacht von dir geträumt. Ist das nicht verrückt? Ich denke sonst nie an dich.«

»Na, na«, sagte Vollebracht.

»So meine ich das nicht. Du verstehst schon, wie ich es meine.«

»Natürlich«, sagte Onno Mulder. »Was hast du denn geträumt?«

»Ich stand auf einem Berg, und es war ziemlich gruselig, denn es waren lauter Wolken um mich herum, und ich wagte keinen Schritt zu gehen. Und gleichzeitig, so wie das in Träumen möglich ist, sah ich dich unten in der Ferne laufen, und ich dachte: Da ist man sicher, und ich rief, aber du hörtest mich nicht. Jedenfalls liefst du einfach weiter. Gleich darauf saß ich in einem Zug, aber das ist schon wieder ein anderer Teil des Traums. Verrückt, was?«

Vollebracht verzog das Gesicht.

»Ich bezweifle, ob man bei ihm so sicher ist«, sagte er.

»Es war nur ein Traum«, sagte Liza.

»Ihr werdet mir nicht glauben, aber ich kenne diesen Traum«, sagte Onno Mulder. »Heute Nachmittag ging ich durch die Stadt, und ich sah plötzlich das Bild eines Berges vor mir, mit Wolken um den Gipfel, und ich lief durch eine Ebene, und dort waren auch Eisenbahngleise, aber kein Zug.«

»Das denkst du dir aus«, sagte Liza ungläubig.

»Nein, ich schwöre dir. Bist du dir sicher, dass du nie an mich denkst?«

»Ja. Aber vielleicht denkst du manchmal an mich.«

»Na, es wird mehr Leute geben, die in dieser Jahreszeit in Erwartung der Wintersportferien an Berge denken«, knurrte Vollebracht, der fand, dass es jetzt genug war. »Reiner Zufall. Kein verschwommenes Theoretisieren, bitte.«

»Der Mensch darf doch träumen«, sagte Onno und blinzelte Liza zu.

»Ach, der alte Herr ist so schnell beleidigt«, sagte Liza.

Als das Museum schloss, hielten alle drei es für eine gute Idee, noch irgendwo ein Glas zu trinken.

An der Grenze zwischen Sonntagnacht und Montagmorgen wachte Onno Mulder in einer Ecke seines Hauseingangs auf. Er saß zur Seite gesackt auf dem kalten, harten Stein. Sein Hausschlüssel lag neben ihm, das sah er im Licht der Straßenlaterne vor seinem Haus. Er langte nach oben, griff nach dem Türknopf und zog sich mit großer Mühe hoch. Ein brennender Schmerz durchzuckte sein Knie.

Als er drinnen war und die Tür hinter sich geschlossen hatte, schlug sein Herz so wild, spürte er das Blut so schmerzhaft durch die Handgelenke strömen, dass er sich schnell auf die unterste Stufe der Treppe fallen ließ, die sich als drohender Aufgang in ein gähnendes Nichts über ihm erhob.

Er zitterte vor Kälte, ihm war schwindelig, und so saß er eine Zeit lang da.

Ich werde doch jetzt nicht etwa sterben, durchfuhr es ihn. Das geht nicht, ich muss das Gedicht noch schreiben.

Onno Mulder stand auf und hangelte sich mit beiden Händen am Treppengeländer nach oben.

Eine schöne junge Freundin

1

Es war irgendwann in den Fünfzigerjahren. Das Fernsehen existierte gerade eben erst bei uns, und mich selber gab es auch noch nicht so lange. Ich war Dichter und hatte also kein Geld und würde es wohl auch nie haben, denn von Poesie konnte niemand leben, du konntest, wenn du gut warst, nur daran sterben. Das war dann wieder gut für deine Poesie, also trugst du dein Schicksal mit heiterer Gelassenheit. Du wohntest für einen Spottpreis in irgendeinem kleinen Loch. Eine Dusche gab es nicht. Gewaschen hast du dich – wenn überhaupt – unter eiskaltem Wasser, das aus dem Hahn in der Küche kam, falls es nicht gefroren war. Dein Bett war schmal, ein Einpersonenbett. Manchmal brachtest du eine Freundin aus einem Künstlercafé mit, und dann zeigte sich der Vorteil des schmalen Bettes: Es zwang dazu, sich sofort aufeinanderzulegen. Die Matratze war dünn, und du konntest die Stahlfedern spüren, auf denen die Matratze lag. Deine amourösen Aktivitäten bescherten dir nach kurzer Zeit aufgeschrammte Ellenbogen und blutige Kniescheiben. Auch die zarten Pobacken deiner Geliebten waren nach und nach voller Schürfwunden. Um die Leiden ehrlich zu verteilen, wurde mitunter die Position gewechselt. Hatte die Lust sich ausgetobt, blieben zwei rohe, klebrige Klumpen Fleisch übrig, die Pflaster und Wundsalbe herbeisehnten. Sich nach getaner Arbeit müde und zufrieden in den Armen zu liegen und einzuschlafen, daran hinderte die Enge des Bettes. Einer von beiden musste den Rest der Nacht im Sessel oder auf dem Fußboden verbringen. Dieser eine von beiden war natürlich ich, denn in jenen Jahren war man von Natur aus Frauen gegenüber höflich. Später war das nicht mehr erlaubt, denn da herrschte der Feminismus der Zweiten Generation, und Höflichkeit war eine Beleidigung. Ich habe noch einen Tritt in die Eier gekriegt, als ich einer Frau die Tür aufhielt. Heutzutage ist es wieder erlaubt, als Mann Manieren zu haben. Man darf sogar ohne allzu energischen Protest die Rechnung im Restaurant bezahlen. Auch Blumen zu schenken wird nicht mehr als Akt der Feindseligkeit betrachtet.

Das Fernsehen zeigte sich in den Fünfzigerjahren in Schwarz und Grau und verschneit. In meiner Umgebung besaß niemand ein Gerät. Man schaute ab und an durch eine Schaufensterscheibe zu, wenn beispielsweise die Niederlande und Belgien gegeneinander Fußball spielten. Eingekeilt in einer aufgeregten Masse anderer Männer, starrte man dann durch das Fenster des Ladens, der den letzten Schrei im Bereich der Kommunikation anzubieten hatte. Oft gab es einen Bildausfall. Wenn die Verbindung zwischen zwei Ortschaften irgendwo in der Provinz wieder repariert worden war, hatte man ein Tor verpasst. Wahrscheinlich hätte man es gar nicht gesehen, denn der Bildschirm hatte das Format einer etwas groß geratenen Briefmarke, herausgegeben in einem unterentwickelten Land, dessen Postminister, auf den Briefmarkensammlermarkt schielend, etwas Geld zusammenzuraffen hoffte, um es bei einer Schweizer Bank zu deponieren. Die »Gnome von Zürich«, wie Winston Churchill sie einmal genannt hat, waren auch damals, so wie früher und noch immer, bestens im Geschäft.

Außerdem würde man das Tor sowieso nicht gesehen haben, weil es bei diesen Spielen – von der Presse aufgebauscht, als wollten die beiden Länder die 10-Tage-Schlacht von 1831 wiederholen, die mit der Souveränität Belgiens endete – immer schneite, regnete oder neblig war. Selbst die mit allen Wassern gewaschenen Radioreporter berichteten erst Minuten später nach wiederholtem Nachfragen, dass ein Tor gefallen war. Torhüter tasteten vergeblich nach unsichtbaren Bällen (damals noch »das Leder« genannt), die Linksaußen schlugen Flanken, die in den niedrig hängenden feuchten Wolken landeten, während die Mittelstürmer abwarteten, wo der Ball aus der Wolkendecke herunterschoss. Der Bewacher des gegenüberliegenden Tores vollführte inzwischen sicherheitshalber einen Hechtsprung nach dem anderen, in völliger Unkenntnis, dass der Ball sich in der anderen Spielhälfte befand.

Aber das wusste keiner. Das Publikum auf den Tribünen nicht, das sich nichtsdestotrotz die Kehlen heiser brüllte, und auch die Linienrichter nicht, die an der Linie entlangrannten und von Zeit zu Zeit ihre von niemandem beachteten Fähnchen in die Höhe hielten, nur um sich selbst zu beweisen, dass sie noch da waren und dass sie nicht umsonst ihre Frau, die sich in letzter Zeit immer so gut mit dem Nachbarn unterhielt, und ihr Bläschen prustendes Baby in der Wiege zurückgelassen hatten.

Weit, immer weiter entfernt hörte man die Pfeife des Schiedsrichters, der sich in der grauen Finsternis außerhalb des Stadions verirrt hatte, in die Waden gebissen von frei laufenden Hunden und alkoholabhängigen Kriegerwitwen und gescheiterten Dichtern, die die Glanzzeit von Wies Moens, dem flämischen Volksdichter, noch miterlebt hatten, das alles in einer kahlen, zertretenen, von der Gemeinde kümmerlich unterhaltenen Grünanlage, früher Teil des prächtigen Parks einer Familie, die nach 1945 mithilfe des Vatikans die Fortsetzung ihres Heils in Südamerika hatte sichern können.

2

Weil ich fühlte, dass ich ein junger Dichter war – damals bestand mein Dichtersein noch vor allem aus dem Fühlen, dass ich Dichter war –, fühlte ich auch, dass ich eine junge Freundin brauchte, und die musste vor allem schön sein. Auch dass sie schön sein musste, fühlte ich. Ein junger Dichter musste eine schöne Freundin haben. Das verlieh seiner Poesie Glanz. Und es machte seine Liebesgedichte ein wenig glaubwürdiger. Gelegentlich las ich

Liebesgedichte von Dichtern, die einer älteren Generation angehörten. In ihren Gedichten wurde ein Liebchen besungen, ranken Leibes, mit einem Pärchen vorwitziger Brüste und Augen gleich Waldseen, und tief im Gesträuch verborgen ein ewig feuchter Bronnen, an dem der Dichter mit gespitzten Lippen seinen Durst löschen konnte. Das Haar des Liebchens glänzte wie golden wogendes Korn auf sommerlichen Äckern und wurde oft im Mondlicht gebürstet. Sie saß in sich gekehrt, und ihr ganzes Wesen war ein betörendes Geheimnis. Manchmal, bei passender Gelegenheit, traf man einen solchen älteren Dichter, aber nur selten mit seiner Frau. Meistens ließ er sie zu Hause, ein Heimchen am Herd. Und das war verständlich, denn was an seiner Seite lebte, hatte keinerlei Ähnlichkeit mit der wilden Waldnymphe, sondern eher mit einer ausgebeulten Kaffeemütze, gerade von ihrem Kränzchen kommend. Das bestätigte dich in deiner Meinung, dass die Poesie der älteren Generation nichts als Lug und Trug war. Ihre Poesie hatte eigentlich nur zwei Themen: das schöne Liebchen, das sie entweder besaßen oder gerade verloren hatten, oder die Vergänglichkeit des Daseins. Dass nichts beständig war – das zu wiederholen, wurden sie nie müde. Vor allem der Herbst brachte das große Herzeleid über sie. Dann produzierten sie endlose Poeme, in denen mit einer gewissen Wollust festgestellt wurde, dass alles vorbei, vorbei und oh, für immer vorbei war. Und wenn es nicht vorbei war, dann würde es sicher bald vorbei sein. Aus den Zeilen dieser Gedichte rann der Regen und war nicht aufzuhalten.

Zufällig begegnete ich eines Tages meiner schönen, jungen Freundin. Auf der Stelle verliebte ich mich in sie. Zumindest überkam mich ein Gefühl, das ich noch nicht kannte und von dem ich annahm, es sei Verliebtheit. Und sie ließ mich spüren, dass auch sie nicht abgeneigt war. Ich war ein junger Dichter – jedoch kein schöner. Eine schöne junge Freundin mit einem schönen jungen Dichter, das wäre wahrscheinlich zu viel des Guten gewesen. Die Kombination hässlicher junger Dichter und schöne junge Freundin wirkt viel überzeugender. In einem solchen Fall ist es gar nicht anders möglich, als dass die Poesie des hässlichen jungen Dichters schön sein muss, denn wie sollte er sonst an eine schöne junge Freundin gekommen sein? Auch der Mehrwert der Freundin stieg, denn eine Schönheit, die ein Verhältnis mit einem hässlichen Individuum hat, das Gedichte schreibt, ist natürlich nicht irgendein dummes Blondchen. Blond war sie übrigens nicht, sondern kupferfarben. Ihr Haar meine ich. Jedenfalls fuhren beide Seiten gut damit.

Meine Eroberung der schönen jungen Freundin ereignete sich gleich zu Beginn der Fünfzigerjahre. Obwohl der Zweite Weltkrieg schon eine Zeit lang hinter uns lag, waren es Jahre großen Mangels. Die königliche Familie sah sich gezwungen, ihr Butterbrot mit Margarine zu essen, dazu am Sonntag ein Möhrentörtchen. Hoher Besuch aus dem Ausland musste sein eigenes Beefsteak mitbringen. Den Prinzesschen lief das Wasser im Mund zusammen. Manchmal bekamen sie einen Happen zugesteckt. Das war dann ein Festtag auf Schloss Soestdijk.

Wenn wir dem Gerücht glauben dürfen, hat man einmal vor lauter Verzweiflung ein neugeborenes Prinzlein geschlachtet und verspeist. So kommt es, dass Beatrix Königin geworden ist. Wie dem auch sei, es waren harte Tage für unser Volk, und die königliche Familie teilte unser Leid.

Manchmal hörte man Geschichten von Abenteurern, die sich den Weg über die damals hermetisch abgeriegelte niederländisch-belgische Grenze frei geschossen hatten. In Brüssel und Antwerpen brannte das Licht Tag und Nacht. In den Schaufenstern türmten sich Schinken und Wurst und Käse, umgeben von Klumpen guter Butter. Bei unseren südlichen Nachbarn wimmelte es nur so von schönen jungen Freundinnen, die jedoch alle schon mit hässlichen jungen Dichtern versorgt waren. In den Buchhandlungen konnte man sämtliche Bücher der Surrealisten und Dadaisten kaufen, die bei uns schon lange vor dem Krieg in Acht und Bann getan waren von niederländischen literarischen Stilpäpsten, bleichsüchtigen Nachkommen der Bilderstürmer, die das Patent auf das richtige Wort besaßen und für die ein Adjektiv bereits ein sündiges Bild war und von deren Schreckensherrschaft sich die niederländische Literatur nie ganz erholen sollte.

Aber in Amsterdam herrschte damals vor allem ein empfindlicher Mangel an schönen jungen Freundinnen, was manch einen dazu brachte, die lange Reise nach Limburg oder Friesland auf sich zu nehmen, denn in jenen Breiten konnte man mit ein bisschen Glück anscheinend noch eine auftreiben. Solch ein Vorhaben konnte eine ganze Menge Geld kosten, denn für die Reise brauchte man zwei bis drei Tage und unterwegs Kost und Logis und zu gegebener Zeit einen Glimmstängel. Und man musste auch ein Geschenk mitbringen für die unbekannte zukünftige Verlobte. Als junger Dichter war das kaum ein Problem. Man schrieb ein Gedicht auf ein Stück Toilettenpapier und setzte darunter: Auflage 1 Exemplar. Dann musste man nur aufpassen, dass man es unterwegs nicht benutzte.

Zurück in der Stadt mit der neuen jungen Freundin, wirkte manche von ihnen eher wie frisch aufpoliert aus einem Secondhandshop, was dem einen oder anderen in der Dunkelheit des Cafés, wo das Geschäft im Allgemeinen abgewickelt wurde, nicht aufgefallen war. So hatten sich viele junge Dichter hässliche junge Freundinnen aufgehalst, was ihrer Poesie nicht dienlich war. Dazu noch der Nachteil, dass man sie kaum wieder loswurde. Höchstens mit ein bisschen Glück an einen betrunkenen Bildhauer oder einen gestrandeten Zimbalisten.

3

Draußen regnete es Bindfäden, drinnen leckte das Dach, und der Keller stand unter Wasser. Die Laken waren klamm, und an den Härchen der Wolldecken klebten winzige Wassertropfen, an den Wänden des Zimmers zeichneten nasse Stellen die Kontinente nach. So ungefähr war es, als meine schöne junge Freundin und ich, ihr hässlicher junger Dichter, zusammenzogen. Alles war klitschnass. Unsere Leiber von der Liebe, unsere Kleider vom Regen, auch gern Himmelswasser genannt. In jenen fernen grauen Jahren wollte man als Mann nicht gern unter einem Regenschirm gesehen werden. In Italien trugen die Männer Regenschirme, das sah man gelegentlich im Film. Um nichts in der Welt wollte man für einen italienischen Mann gehalten werden. Das waren alles weichliche parfümierte Gigolos, in steter Angst vor einem Regenspritzer auf dem Designeranzug. In den Niederlanden gingen wir gebeugt unter der schweren Last von Vorurteilen, die wir heiter und gelassen trugen, weil wir sie als Vorzüge ansahen: Aber glücklich wie sie waren wir nicht. Wir sprachen und sprechen oft von »unserem kleinen Ländchen«, immer im Ton verbissener Selbstgenügsamkeit, nie abfällig. Wir wollen keine »italienischen Zustände«, keine »belgischen Zustände« und keine »amerikanischen Zustände«. Kurz, wir wollen überhaupt keine Zustände. Achtet einfach nicht auf uns, in unserem sumpfigen Polder, den wir in unserer großen Bescheidenheit als Modell für die ganze Welt betrachten.

Zurück zu den Fünfzigerjahren und dem Regen und dem Abscheu gegen Regenschirme. Nur die Königin besaß damals einen Regenschirm. Im Kino sah man sie ab und an ein Schiff taufen, neben dem Blumenkorso oder bei der Ankunft des Heiligen Nikolaus, aus dem fernen Spanien (das damals noch unter Franco seufzte, doch der Bischof schien darunter offensichtlich nicht zu leiden), den bedeutendsten Events in »unserem kleinen Ländchen«. Weil es immer regnete, regnete es auch bei den Schiffstaufen. Jemand aus dem Hofstaat hielt einen Regenschirm über den Kopf der Königin. Er stand nicht zu dicht neben ihr, denn gemeinsam mit der Königin unter *einem* Regenschirm, das ging natürlich nicht. Zu leicht berührte man eine königliche Pobacke oder ein unter die Schulter gerutschtes Stück Busen. Der Rest der Gesellschaft war schirmlos, teils aus Respekt vor Majestät (alle mit einem Regenschirm, das wäre zu demokratisch gewesen), teils aus dem bereits erwähnten holländischen Abscheu gegen italienischen Firlefanz. Auch ein klitschnasses kleines Kind war immer dabei, das der Königin einen Blumenstrauß schenkte, den diese dann sofort nach hinten weiterreichte, wo er dem Blick entschwand. Nun ja, das ist immer noch so.

Meine schöne junge Freundin aber besaß einen Regenschirm, ein elegantes Objekt aus dem Besitz ihrer Mutter, die Französin war. Meine schöne junge Freundin war also halb Französin, und das wäre nun auch wieder nicht nötig gewesen. Französisch bedeutete oh, là, là und hoppla mit den Beinchen, und das gab Anlass zu viel Besuch in unserer tropfenden Behausung. Die meisten Maler waren von Natur aus Frühaufsteher, die standen also schon vor Tau und Tag an der Tür und klingelten so lange, bis wir öffneten. Meine schöne junge Freundin, die-auch-noch-halb-französisch-war, kroch wieder unter die Decke, und ich ging in die Küche zum Kaffeekochen, während die Maler mit ihr über Paris parlierten. Manchmal brachten sie ihr ein Blümchen mit oder eine französische Zeitschrift. Auf dem Bettrand sitzend, sahen sie sie dann gemeinsam durch. Meine schöne junge Freundin entblößte eine Schulter, und die Gespräche wurden zunehmend spritziger, sofern die Maler dazu imstande waren. Während ich also Kaffee kochte, baten sie meine schöne junge Freundin, für sie in ihrem Atelier zu posieren. Später am Tag trafen die Dichter ein, noch mit Schlaf in den Augen. Die Maler hörten sich selbst gern reden, während die Dichter meinten, dass Schweigen mehr Eindruck machte. Die Dichter brauchten Genever, um richtig in Fahrt zu kommen. Aber was dann folgte, war auch nicht von Pappe. Es wurde getanzt bis zum Umfallen, und in jeder Ecke des Zimmers wurden Verse rezitiert. Manchmal musste ich meine Freundin aus der kleinen Küche retten, wo sie ein Dichterkollege hingedichtet hatte. Ein verliebter Dichter schlief vorsorglich bereits in unserem Bett. Spät in der Nacht schoben wir ihn auf den Fußboden. Er unternahm noch ein paar Versuche, zu uns zu kriechen, aber diese Attacke konnte ich abwehren. *»Bonne nuit, chéri«*, sagte meine schöne junge Freundin, und dann wurde es still. Wieder ein Tag vorbei, den ich vorwiegend damit zugebracht hatte, unsere Liebe vor den gierigen Klauen meiner Kunstgenossen zu retten.

4

Wir sollten Turnschuhe anziehen oder sonst Socken, genau wie an Deck eines Schiffs. Der Studioboden könnte irreparabel beschädigt werden. Dichter auf Stocken. Hießen wir damals noch die Experimentellen oder wurden wir schon die »50er« genannt? Jedenfalls war es in den Fünfzigerjahren, als dreien von uns die Ehre zuteil wurde, die Dichtergruppe im Fernsehen zu präsentieren. Eine

Lesung aus dem eigenen Werk, das war es, was von uns erwartet wurde.

Das Fernsehen steckte noch in den Kinderschuhen, und meine Poesie hatte auch noch keine Siebenmeilenstiefel an. Ich hielt es für ziemlich stümperhaft, was da passierte, und ich hielt überhaupt nichts davon. Aber das war natürlich kein Grund, nicht ins Fernsehen zu wollen. Abgesehen davon kannte ich niemanden, der einen Fernseher hatte, also ging ich kein großes Risiko ein.

Das einzige Fernsehstudio in den Niederlanden hatte sich in einer Kirche etabliert. Die Kirche war nach einer unserer Prinzessinnen benannt. Später würde sie ihrem Land untreu werden, indem sie einen zwielichtigen Spanier heiratete und katholisch wurde. Jetzt redet sie mit Bäumen, oder vielleicht tut sie das auch schon nicht mehr. Ach, wenn sie nur glücklich ist. Ich bin beängstigend milde geworden. Es war typisch für Holland, dass die Wiege des niederländischen Fernsehens in einer Kirche stand, eng verbunden mit dem Haus Oranien. Gediegener ging es fast nicht. Das gefährliche neue Kommunikationsmittel würde keine Chance haben, unser Vaterland zu unterwandern.

Man hatte drei Rednerpulte im Studio aufgestellt, an denen wir uns aufbauten, um unsere Gedichte zu lesen. Hinter uns Kulissen, schwarz-weiß bemalt. Farben gab es damals im Fernsehen noch nicht. Die Bemalung sollte experimentell wirken – ein bisschen à la Karel Appel, dem sie jedoch ebenso wenig ähnelte wie eine Keksdose auf Rädern einem Hochgeschwindigkeitszug. Wir wagten leisen Protest: Das ginge doch nicht. Es musste gehen.

Wir lasen unsere Werke, bedroht von den Kameras, riesigen Ungetümen, die von sechs Mann weitergeschoben wurden. Man war sich seines Lebens nicht sicher, wenn eines von ihnen sich auf einen zubewegte. Sie erinnerten an Panzer aus dem Ersten Weltkrieg. Wenn man daruntergeriet, gab es keine Hoffnung mehr. Für einen selbst. Für die Poesie sehr wohl. Denn der Erste Weltkrieg hat schöne Poesie hervorgebracht. Der Zweite Weltkrieg war, was die Poesie betrifft, weniger ergiebig. Das war eher ein Prosa-Krieg. Ich bin neugierig, was der Dritte Weltkrieg bringen wird. Essays vielleicht? Die sind in den letzten Jahren nicht so erfolgreich. Wir müssen in Ruhe abwarten. So etwas lässt sich nicht voraussagen. Vielleicht stößt das Schreiben als Verarbeitungsprozess dann auf weniger Interesse, und man stürzt sich in den Massentanz oder in Konzerte für Blockflöte und Ukulele, ein ursprünglich portugiesisches Zupfinstrument, später häufig von hawaiischen Orchestern verwendet und, wenn man Glück hatte, während des Zweiten Weltkriegs im Radio zu hören. Das fuhr einem wirklich in die Knochen, und an dem Tag konnte nichts mehr schiefgehen, außer wenn die Gestapo vor der Tür stand, um einen zum vertraulichen Gespräch mitzunehmen.

Nach unserem Fernsehauftritt in der Kirche fuhren wir mit der Bahn in die Stadt zurück. Wir fragten uns, wie es wohl gewesen sein mochte. Das würden wir nie erfahren, denn niemand hatte es gesehen, bis auf wenige Ausnahmen wie dem Redakteur des Programms, der es einen durchschlagenden Erfolg genannt hatte. Gleich darauf war er vom Rundfunkdirektor zu einem ernsten

Gespräch unter vier Augen in einen kleinen Nebenraum gerufen worden, von wo lautes Schreien zu uns herausdrang wie »völlig wertlos« und »meine Oma dichtet besser« und »auf der Stelle entlassen«.

In der Bahn kamen wir zu dem Schluss, dass unser Auftritt sehr gut gewesen war und dass wir von einem historischen Augenblick sprechen konnten. Wir redeten mit lauter Stimme, sodass die Mitreisenden uns genau verstehen konnten. Als Honorar hatten wir jeder eine Flasche Bier bekommen, und das ließen wir uns schmecken. Heutzutage erhält man eine Flasche spanischen Wein in einer Holzkiste (chilenischer Wein, wenn es ein linker Sender ist). Beim Öffnen der Kiste holt man sich blutige Finger, und danach ist man noch tagelang mit Staubsaugen beschäftigt, um die Holzwolle vom Fußboden zu entfernen. Draußen singen die Vögel, jaulen die Straßenbahnen um die Kurve und radeln junge Mädchen, die sich gern verlieben möchten.

In der Stadt angekommen, eilten wir zum Künstlercafé, um dort ebenfalls zu erzählen, dass wir im Fernsehen gewesen waren. Schnell erreichten wir die Tränke für hart arbeitende Künstler, denn die Stadt war in jenen Tagen viel kleiner.

Wir betraten das Lokal, erfüllt von einem neuen Selbstbewusstsein, wohl wissend, dass wir die einzigen unter unseren Kollegen waren, die bisher einen Fernsehauftritt gehabt hatten. Die Büchlein, aus denen wir gelesen hatten, hielten wir deutlich sichtbar in der Hand. Wir blieben unter uns, abseits der Meute, als hätten wir noch Wichtiges zu besprechen. Aber keiner trat zu uns, um zu fragen, woher wir kämen. Wir hatten für einen Augenblick vergessen, dass Fernsehen in jenen Tagen etwas war, auf das man herabsah. Fernsehen war etwas für Putzfrauen.

Nein, viel mehr Aufmerksamkeit schenkte man meiner schönen Freundin, die seit Stunden an einem Tischchen auf mich wartete, umringt von bärtigen Bildhauern, schmuddeligen Malern und bleichsüchtigen Dichtern, die nicht ins Fernsehen eingeladen worden waren, weil sie nicht die richtigen Leute kannten – wie wir, die einer anderen, höheren Welt angehörten.

5

Es geschah in der Zeit der großen Flutkatastrophe im Februar 1953, dass ich eines Nachmittags nach Hause kam und Unheil ahnte, aber Letzteres hatte nichts mit den gebrochenen Deichen zu tun. In diesem Zusammenhang ist es vielleicht sinnvoll, darauf hinzuweisen, dass auch unsere junge Dichtergruppe in jenen Tagen, da unser Land überschwemmt zu werden drohte, bereit war. In Südwester, Öljacke und Langschäftern saßen wir Tag und Nacht stand-by in unserem Stammcafé, um mit Spaten und Sandsack auszurücken, sobald die Meereswogen die Außenbezirke unserer Hauptstadt bedrohten. So mancher Klare wurde auf das Heil unserer Nation und das unserer Königin gehoben, die in der Nähe von Dordrecht direkt an der Front ihren Beitrag zu Hollands ewigem Kampf gegen den Erbfeind, das Wasser, leistete. Ihr gutes

Vorbild inspirierte uns zu Versen, in denen wir die Sturmglocken fleißig läuten ließen. Meine schöne junge Freundin trug eine Schwesternuniform mit nichts darunter, wie es in jenen Zeiten und in französischen Filmen üblich war. Wenn es Nacht wurde im Café und die Liebe zum bedrohten Vaterland uns ganz erfüllte, baten meine Dichterkollegen dringend darum, von ihr ärztlich behandelt zu werden. Ein alter Barde, der noch den Bau des Abschlussdeiches miterlebt hatte, bot an, den Ertrunkenen zu mimen, der dringend eine Mund-zu-Mund-Beatmung benötigte. Ich war nicht dafür. Es schien mir besser, dass sie ihre Kräfte sparte und erst in Aktion trat, wenn das Wasser uns bis über die Lippen stieg und direkt unter der Nase stand.

So gut und so schlecht es ging, bemühten wir uns inzwischen, das tägliche Leben fortzusetzen. Auch in bangen Kriegstagen ist das immer die Kraft unseres Volkes gewesen. Gerade jetzt durften wir nicht verzagen. Unbeugsam weitermachen, so lautete die Devise. Ich hatte beispielsweise eine Verabredung zum Lunch mit meinem Verleger, der dafür gesorgt hatte, dass eine Gedichtsammlung von mir das graue holländische Tageslicht erblickt hatte. Nach langem inneren Ringen beschloss ich, die Verabredung einzuhalten, trotz der ständigen Gefahr des Ertrinkens. Bereit zu sein, auch beim Lunch, darum ging es. Kräftig weiter zu essen und zu trinken, auch in schlimmen Zeiten. Das war eine der Lektionen, die mich der Krieg gelehrt hatte. Wenn man damals einfach weitergegessen hätte, hätte es keinen Hungerwinter gegeben.

Ab und an, auch wenn man mich nicht danach fragte,

ließ ich beiläufig im Café fallen: »Freitag Mittag? Nein, da kann ich nicht. Da gehe ich zum Lunch, mit meinem Verleger.« »Mein Verleger«, sagte ich mit Großbuchstaben. Die Sätze flossen mir geschmeidig über die Lippen. Auch das Wort »Lunch« wurde besonders betont. Das war doch etwas ganz anderes, als mittags ein Butterbrot mit Käse zu essen. Ich war noch nie mit meinem Verleger zum Lunch gegangen. Allerdings hatte ich mit den anderen jungen Dichtern an wilden Partys teilgenommen, die im Verlag gefeiert wurden. Mein Verleger und seine Freunde, die älter waren als wir, zeigten, was die Musik betraf, eine ausgesprochene Neigung zu Dixieland und New Orleans. *The Saints* kamen ein paar Mal am Abend hereinmarschiert, dies zum Ärger der jungen Künstler, die mehr dem Bebop zugetan waren. Spät am Abend besetzten wir den Plattenspieler und verteidigten Parker, Gillespie, Roach und Monk gegen die Macht der Alten.

Lunch war natürlich etwas anderes als eine Party. Wenn du zum Lunch mit deinem Verleger gingst, wurdest du für voll genommen. Du gehörtest zur Gesellschaft. Und obwohl das gegen meine Prinzipien als junger Dichter verstieß, war ich doch irgendwie zufrieden. Ich würde es schaffen. Auch wenn ich mir vornahm, dass meine Teilnahme am gesellschaftlichen Leben allein darin bestehen sollte, mit meinem Verleger zum Lunch zu gehen. Und Verträge mit ihm zu unterzeichnen und gnädig Vorschüsse zu akzeptieren. Am liebsten mit einer Zigarre und einem Glas Kognak in der Hand. Ich mochte keine Zigarren, würde aber Unterricht darin nehmen. Ich verdiente noch zu wenig, um Steuern zahlen zu müssen, aber beim ersten Versuch des Staates, mir mein Geld wegzunehmen, würde ich ins Ausland fliehen, um in Brüssel oder Paris verbitterte Verse zu schreiben, an denen der Staat seine Freude haben würde.

Meine schöne junge Freundin fühlte mit mir. Sie durfte mich nicht begleiten, denn dies war ein Geschäftslunch, und dabei brauchte man sie nicht. Es würde über Dinge gesprochen werden, von denen Frauen – so wurde in jener Zeit allgemein angenommen – doch nichts verstehen würden. Dinge wie Geld und Politik und das Kleingedruckte im Vertrag. Ein paar Mal fragte sie mich mit einer Stimme, in der ich einen Anflug von Eifersucht zu hören meinte, wann ich denn nun eigentlich mit meinem Verleger zum Lunch ginge. »Freitag«, sagte ich dann und ließ meine Worte vor Wichtigkeit anschwellen. »Es wird wohl ein langer Lunch werden, denn wir haben viel zu besprechen.«

Als sie es zum dritten Mal fragte, hätte ich Unheil ahnen müssen, aber ich war noch ungeübt in den Begleiterscheinungen der Liebe. Spät am Nachmittag kam ich vom Lunch mit meinem Verleger nach Hause. Während ich, nicht ganz unbeeinflusst vom Wein, den wir getrunken hatten, meinen Mantel genau neben die Garderobe warf, hörte ich ein eigenartiges Geräusch aus dem Wohnzimmer. Es war ein hastiges Geräusch, es klang wie das Flattern eines aufgeschreckten Vogels oder das Quietschen einer eilig weggeschobenen Kinderschubkarre. Ich öffnete die Wohnzimmertür und sah, wie meine Freundin heftig errötend auf dem Sofa lag und ihren Rock herunterschob. Ein befreundeter, älterer junger Dichter stand in unnatürlicher Haltung neben dem Sofa, so wie er den Bruchteil einer Sekunde zuvor auf seinen Beinen gelandet war. Ich spürte noch den Windhauch, entstanden durch die blitzschnelle Veränderung vom Liegenden zum Stehenden. Aus diesem Vorfall lernte ich, dass man nie sagen darf, wann man mit seinem Verleger zum Lunch geht.

6

Geld spielte keine Rolle für mich, den hässlichen jungen Dichter, als ich mit meiner schönen jungen, halb französischen Freundin zusammenlebte. Für dieses Zusammenleben musste zuerst noch manche Barriere durchbrochen werden. Meine Freundin kam aus einem richtig guten Stall, aus Wassenaar, einem feinen Den Haager Villenvorort, und ihr holländischer Vater war keineswegs ein Befürworter unserer Liebe. Er tat alles, um zu verhindern, dass seine kostbare Tochter – auf dem Heiratsmarkt mindestens einen Herrn von Adel wert – mir definitiv in die Hände fallen sollte. Und das konnte er, weil sie noch keine Einundzwanzig war, und in der damaligen Zeit war ein Kind bis zu diesem Alter noch der Autorität seiner Eltern unterworfen. Oder besser gesagt, der des Vaters, dem auch *Maman,* seine französische Frau, Gehorsam schuldete. *Maman* hatte nichts gegen unser unsittliches Verhältnis einzuwenden – jedenfalls behauptete das meine schöne junge Freundin –, *»mais mon père, il est im-*

possible«. Aber gegen unsere Hartnäckigkeit war kein Kraut gewachsen. Als er es kommen sah, dass er den Kampf verlieren würde, machte er eines zur Bedingung: Ich sollte dreimal einen von ihm ausgewählten und bezahlten Psychiater aufsuchen, und wenn der entscheiden würde, dass ich seiner Tochter nicht wert sei, müssten wir uns damit abfinden. Unbekümmert akzeptierte ich die Bedingung, denn ich dachte nicht im Entferntesten daran, auch nur einen Schritt zu weichen. Der Psychiater horchte mich ein bisschen über meine Pläne aus und forderte mich auf, meine Träume aufzuschreiben und sie zur nächsten Sitzung mitzubringen. Zweck der Sache war es natürlich, Beweismaterial gegen mich zu sammeln, denn schließlich wurde er von ihrem Vater bezahlt. Weil ich davon ausging, dass Träume Schäume sind, hatte ich keine Einwände. Im Auftrag zu träumen erwies sich als nicht so einfach, ebenso lästig wie beim Arzt zu pinkeln. Mein nächtliches Haupt weigerte sich zu träumen, oder ich vergaß die Träume sofort beim Aufstehen. Aber schließlich bescherte die Nacht vor der dritten und letzten Zusammenkunft, die unser Schicksal bestimmen sollte, mir einen schönen Traum. Nicht zu meinem Vorteil. Aber wann tun Träume das schon? Ich träumte, ich saß mit meiner schönen jungen Freundin in einem Auto, wir fuhren in einen Abgrund und verunglückten schrecklich. Das berichtete ich dem Psychiater wahrheitsgetreu, der mit hochgezogenen Augenbrauen von mir wissen wollte, was ich dazu meinte. Kurz, das bekannte: »Was halten Sie selber davon?« Ich antwortete, dass mein Traum bestätigte, was ich schon wusste: Dass ich nicht Auto fahren konnte und es auch lieber nicht lernen sollte. Der Psychiater las etwas anderes darin. Alles wies seiner Meinung nach darauf hin, dass ich die Beziehung lieber nicht fortsetzen sollte. Aber für eine sofortige Einweisung in eine Klinik war der Traum denn doch nicht schlimm genug. Wie dem auch sei, nicht lange danach gab der Vater seinen Widerstand auf. Er zog die Hand von seiner Tochter ab. Die kleine monatliche Zuwendung, die sie von zu Hause bekam, wurde eingestellt. Und von da an war das Geld überhaupt kein Problem mehr.

Geld spielte keine Rolle, weil wir es nicht hatten, und niemand in unserer Umgebung hatte Geld. Vage wussten wir – und nun spreche ich von den anderen hässlichen jungen Dichtern –, dass es Leute gab, die durchaus Geld hatten, aber diese Leute kannten wir nicht. Schlimmer noch, wir wollten sie nicht einmal kennenlernen. Es hieß, das seien alles alte Kapitalisten, mit Zylinder und Frackschößen, die ihr schmutziges Geld auf dem Rücken des kleinen Mannes verdient hatten oder im Krieg mit Bunkerbau für die Scheißmoffen oder in früherer Zeit durch Sklaverei und Ausbeutung. Damals hatte ich einen kleinen Schreibjob in einer Wochenzeitung, und dort erregte ich mit meinen schäbigen Klamotten das Mitleid der Frau des Chefredakteurs, die de facto die Zeitung finanzierte. Sie hatte ein großes Herz und umgab sich mit einem Kreis hässlicher junger Dichter. Von ihr erhielt ich einen Wintermantel, den sie dem Chefredakteur aus seiner komfortablen Garderobe abgeschwatzt hatte. Den Mantel habe ich ungefähr zehn Jahre getragen, bis die Zeit kam, dass ich mir selbst einen leisten konnte.

Man könnte auch sagen, dass Geld gerade durch seine Abwesenheit eine Rolle spielte, eine Hauptrolle sogar, wie Godot in Becketts Stück *Warten auf Godot*. Einst würde das Geld kommen, das wussten wir bestimmt, aber solange es nicht da war, machten wir uns deswegen keine Sorgen. Übrigens, der französische Zweig der Familie, zu der meine Freundin gehörte, prozessierte bereits seit Ende der Französischen Revolution um ein Vermögen, das sich im Tresor einer Pariser Bank befinden sollte. Sie klagten gegen den französischen Staat, aber auch gegeneinander, denn die Familie hatte sich natürlich in den anderthalb Jahrhunderten kräftig ausgebreitet, und jeder beanspruchte für sich das älteste Recht. Außer Schmuck und Juwelen, während der Revolution versteckt, sollte der Schatz aus ganzen Säcken Goldstaub bestehen. Das Wort »Goldstaub« übte eine erstaunliche Wirkung auf all diejenigen in unserem Freundeskreis aus, denen wir die Geschichte erzählten. Meinem damaligen Verleger lief sichtbar das Wasser im Mund zusammen. So manche Flasche wurde bereits in Erwartung des Goldstaubs bestellt. Er ging davon aus, dass wir, idealistisch wie wir waren, einen Teil des Geldes für die Produktion von Prachtausgaben zur Verfügung stellen würden. Um diesem Ziel näher zu kommen, versuchte er während der Diners, zu denen er uns einlud, seine Hand unter den New-Look-Rock meiner Freundin zu manövrieren. Auch die befreundeten hässlichen jungen Dichter gerieten in noch größere Erregung als ohnehin schon durch die Anwesenheit meiner Geliebten. Sie wurden dadurch in ihrer beflissenen Aufmerksamkeit noch mehr motiviert.

Einige verließen sogar ihre Frau, damit sie, sobald sie meine Freundin erobert haben würden, die Hände frei hatten, um in dem Goldstaub herumzuwühlen. Um das Erbe wird noch heute prozessiert. Die meisten Freunde sind tot. Die schöne junge Freundin und ich sind längst auseinander. Vielleicht hatte der Psychiater also doch recht mit seiner Traumdeutung. Autofahren habe ich noch immer nicht gelernt.

Brief an Z.

Lieber Z., Du fragst, wie es mir geht, Du habest so lange nichts von mir gehört, Du seiest beunruhigt, ich sei schließlich Dein Bruder usw. Das hat mich immer so an Dir gerührt, Dein warmes Interesse für mich, den Underdog, auch wenn es manchmal etwas lange dauert, bis der Unterhund dieses Interesse spürt, aber so geht es mit dem Sonnenlicht auch, und dennoch erreicht es uns.

Bis jetzt war ich noch nicht um meinetwillen beunruhigt, doch nun, wo offenbar Du beunruhigt bist, kommen mir Zweifel wegen meiner Gemütsruhe, denn wenn ein Bruder sich Sorgen um den anderen macht, muss es Gründe dafür geben. Ich kann jedoch, abgesehen von denen, an die ich mich schon lange gewöhnt habe, keinen finden und bin nun ernsthaft um Deinetwillen beunruhigt. Was könnte der Grund dafür sein, dass Du Dir Sorgen um mich machst? Geht es Dir nicht gut? Wird Dir Dein Job als Chefredakteur zu viel? Hat A. Dich betrogen? Oder hast Du A. betrogen? Steuerschulden? Greifst Du immer früher am Tag zur Flasche? Oder willst

Du in die Politik? Ich lese, dass Du viele Kongresse besuchst, ein schlimmes Vorzeichen.

Aber mir geht es gut. Erinnerst Du Dich noch, die Briefkarten an Papa und Mama, früher, wenn wir zelteten? »Uns geht es gut. Wie geht es euch?« Und das unbequeme Schlafen, die Mücke, die nicht totzuschlagen war, die Sturmlaterne, die qualmte, die Tannennadeln, die piekten, und früh am Morgen, zugleich mit dem Licht, die Kälte, die von den Füßen her nach oben kroch, und ich immer als Erster auf, um nasses Holz zu sammeln und Tee aufzusetzen, denn Du warst der Stärkere, und wenn ich keine Lust dazu hatte – und wann hatte ich die schon? –, befördertest Du mich mit Fußtritten aus dem Zelt. Und ein paar Zelte weiter das Mädchen, in das wir beide verliebt waren und über das ich mir nachts die glühendsten Bekenntnisse anhören musste und das schließlich an einem warmen Abend voller Sterne und mit dem Duft von Harz und der scheußlichen Gitarrenmusik im Hintergrund von Dir geküsst wurde – Du warst nicht nur der Stärkere, sondern auch zwei Jahre älter –, und ich stand hinter einem Baum und schaute zu und biss in die Rinde und heulte – Idiot, der ich damals war. Lange her. Wir teilten damals wirklich Liebe und Leid, die Liebe für Dich, das Leid für mich.

Mach Dir um mich keine Sorgen. Die Adresse, die Q. Dir gegeben hat, ist die eines Kellers, in dem ich seit Ende letzten Jahres wohne, und bis vor ein paar Tagen, solange es fror, war es nicht ungemütlich. Seitdem es taut, ist es etwas feucht hier, ungefähr so feucht wie der Boden der Dusche zu Hause, wenn Du sie benutzt hattest und ich sie wischen musste. Doch ich will damit aufhören, denn all diese Dinge werfe ich Dir nicht mehr vor, nicht einmal – erschrick nicht, oder hat Dein Gewissen es auch geschafft, eine Schutzschicht darumzulegen? – nicht einmal den Autounfall, für den Du mich den Kopf hast hinhalten lassen, weil Du, schon damals, eine Stellung zu verlieren hattest. Ich werfe Dir all diese Dinge nicht mehr vor, sie kommen nur wieder an die Oberfläche, wie die losgerissene Ladung eines gestrandeten Schiffs, um mich zu warnen, dass ich nicht allzu viel darauf gebe, wenn Du Dich erkundigst, wie es mir geht.

Ich habe sogar Licht im Keller, eine kleine Glühbirne, etwas zittrig und am Ende ihrer Kräfte, fürchte ich, aber den Schein, den sie wirft, kann man durchaus als Licht bezeichnen. Neben mir ist ein Sägewerk, ein unangenehmes Geräusch, das gebe ich zu, aber es riecht gut dort, und ich freue mich auf den Sommer, wenn das Sonnenlicht dieselbe Farbe hat wie die Späne und das Sägemehl auf dem Fußboden meiner kreischenden und pfeifenden Nachbarn. Die Straße ist klein und schmal, Dein Auto würde gar nicht hineinpassen, es ist eigentlich ein kleines Dorf in der Stadt, sogar mit einem Bürgermeister, einem Exboxer, dessen aus seiner Zeit im Ring stammende Beschränktheit hier für Weisheit gehalten wird (und warum auch nicht, es macht doch alles nichts aus). Mir gegenüber wohnt eine Hure im Ruhestand, eine Verrückte, die manchmal mitten in der Nacht Anfälle bekommt und sich aus dem Fenster stürzen will, doch bei Tage ganz vernünftig ist. Ansonsten Frauen wie Jutesäcke, und ihre übermüdeten und betrunkenen Männer und ihre blassen

Kinder, die in Mülleimern geboren zu sein scheinen (hier und da ist trotz Deiner Leitartikel die Zeit im Jahr 1900 stehen geblieben), und viele Opas, alte rechthaberische und bettnässende komische Vögel, die von der Sozialhilfe leben, und dazwischen, oder besser gesagt darunter, ich in meinem Keller, auch von 1900, der bleiche Schwindsüchtige mit den blauen Ringen unter den Augen, der klapperdürre, blonde Dichter mit seinem dreckigen Haar bis über den fettigen Kragen seiner abgetragenen Jacke, der für seine Kunst sterben will, auch wenn er das Schreiben schon seit Jahren aufgegeben hat, als er sah, wie die Frösche im Literaturteich die sonderbare Angewohnheit hatten, sich aufzublasen, und als er merkte, dass er dazu weder die Energie hatte noch den Willen. Außerdem erkannte er, wie mager sein Talent war, wie ein altes Stück Brot mit Margarine in der Brotbüchse eines Büroangestellten.

Ich habe also nichts für Deine Zeitung, auch nicht »etwas Verständliches«, wie Du mit Deinem bekannten Takt fragst.

Du könntest diesen Brief veröffentlichen in Deiner Samstagabendbeilage zwischen Deinen säuerlichen Glossenschreibern und den vergnügten durchgeknallten Klatschtanten, aber, nein, sogar meine Briefe haben kein Niveau. Sogar meine Briefe stinken vor Misserfolg, nicht so sehr durch die Tatsachen, die ich darin beschreibe, sondern durch etwas anderes, ich vermute Selbstmitleid, das hindurchsickert wie das Blut durch das Packpapier um den Klumpen Pferdefleisch. Deshalb bin ich auch nicht genial misslungen, weil mein Scheitern nämlich angefressen ist von Selbstmitleid, auf den ersten Blick ein schöner, runder Käse, aber wer sich die Mühe macht, den Käse anzuschneiden, sieht die Würmer wimmeln. Mein Schicksal ist nicht, dass ich sozial gescheitert bin, wie Du vielleicht denkst, sondern dass ich asozial gescheitert bin.

Seit Papas Tod an diesem eigenartigen, brütenden Sommerabend in Brüssel ist Scheitern ein scheußlich verführerischer Begriff für mich wie die weiße grelle Lampe für den Nachtfalter. Ich bewundere und beneide die Gescheiterten, die Berühmten und die Gescheiterten, *the beautiful and the damned* – es gibt zu viele große Beispiele –, die nicht auf dem Höhepunkt ihres Ruhmes und Könnens, sondern in einer Atmosphäre des Elends sterben: schief gewachsene, einst vielversprechende Bäume, der Saft ihres Talents und ihrer Lebenskraft vertrocknet in den Ringen ihrer Jahre, aber dennoch, gerade deshalb, wunderbare Bäume mit Ästen, so knorrig, so gekrümmt und nicht weitergewachsen, dass sie Mitleid oder Abscheu erwecken beim stupiden Menschen (der ordentliche, immer schön gerade wachsende Baum im Vorgarten) und beim intelligenten Menschen ein beinahe hoffnungsvolles Gefühl der Affinität verursachen (»beinahe«, weil Hoffnung, geboren aus einem Gefühl der Affinität, eine Form von Selbstbetrug ist, ich ähnele X: Ich könnte durchaus X sein – was X kann, kann ich auch).

Das Geld ging an Dich, aber das wirkliche Vermögen wurde mir zuteil: das Vermögen, Scheitern zu erkennen und zu bewundern, ein Vermögen, dessen Existenz ich nicht kannte bis zu dem Augenblick, als Papa seine

Augen öffnete und sagte (mit Erstaunen und auch etwas wie Zufriedenheit in der Stimme, einer Stimme, die ich nie vergessen werde, natürlich nicht, es ist mein Betriebskapital) »wahnsinnig…«, und mit diesem Wort sein eigenes Scheitern, das er schon längst ahnte (Du erinnerst Dich wohl noch an die Szene bei Tante Ada), erkannte und akzeptierte und sich selbst vergab, weil schließlich keiner sich das verübeln kann, wofür er offenbar geboren ist. Ein paar Minuten später starb er, denn weshalb sollte er noch am Leben bleiben, das Geschäft war abgewickelt.

Ich weiß, dass ich Dich verletze, wenn ich über Papas Tod spreche, nicht, weil er Dir noch nahegehen würde (wenn Dir Papas Tod je nahegegangen ist, dann aus anderen Gründen), sondern weil Du nicht dabei warst, was in Deinen Augen Deiner Reputation als erster Geige schwer zusetzte. Nie wirst Du wissen, auch wenn ich es Dir erzählte, wie es roch in dem Zimmer, welche Farbe die Möbel hatten, vor allem welche Atmosphäre, mit welchem Geräusch die Standuhr tickte (ja, es gab eine Standuhr dort, ich schenke sie Dir, stell sie auf den Kaminsims Deiner Fantasie), wie hell oder dunkel es im Zimmer war (Waren die Gardinen zugezogen? Brannte die Leuchtreklame am Hotel gegenüber?), welches Muster die Tapete hatte, wie weich der Teppichboden war (oder gab es dort keinen Teppichboden?), wie Papas Kleider über was für einer Art Stuhl hingen, und wie der Tod plötzlich da war, so wie Milch von der einen auf die andere Sekunde gerinnt.

Dies ist die einzige Waffe, die ich gegen Dich habe, und manchmal habe ich Angst, dass der Panzer Deines

Ehrgeizes so fest geschmiedet ist, dass ich Dich nicht einmal mehr damit verletzen kann.

Mach Dir keine Sorgen: Mir geht es gut. Ich habe noch Jahre zu leben. Wie immer Dein Dich liebender Bruder.

Die Katze, die weglief

Kein Wasser, den ganzen weißen, wahnsinnigen Winter über. Durch den Frost war ein Wasserrohr, das über die gesamte Länge des Hauses lief, geplatzt. Am Abflusshahn im Keller hing ein Spitzbart aus Eis. Der Haupthahn war irgendwo im Garten unter dem Schnee versteckt, aber wo, das wusste niemand genau; auch die schlecht gelaunten Männer nicht, die eines Morgens in einem blauen Volkswagen aus der Stadt gekommen waren, um zu prüfen, ob das Haus dem Frost standhielt.

Ich muss dazu sagen, dass das Haus Eigentum der Stadt ist, die hier ein Heim für geistig behinderte Kinder einrichten will. Aber dazu muss es erst umgebaut und renoviert werden, und die Pläne für den Umbau müssen zuvor vom Gemeinderat genehmigt werden, und das scheint ein ziemlich langwieriger Prozess zu sein. Jedenfalls habe ich letztes Jahr von dem zuständigen Beamten erfahren, ich dürfe bis zum Umbau hier wohnen.

Die Männer hatten schlechte Laune, denn ich hätte den Haupthahn zudrehen müssen, bevor der Schnee fiel, sagten sie.

Der Schnee war über Nacht gekommen, unbemerkt, wie wenn alte, einsame Frauen sterben. Ein langes, unhörbares Seufzen, ein Steigen, höher als der Rauch am hellen, windstillen Mittag, und ein Fallen, zurück zur Erde, wie Fallschirmspringer in einem Stummfilm.

Ich sagte, ich wüsste nicht, wo der Haupthahn sitzt, dass ich ihn also auch gar nicht hätte zudrehen können, aber sie schüttelten den Kopf und antworteten, dass ich mich danach doch hätte erkundigen können, dass ich die Ausgaben der Gemeinde unnötig in die Höhe triebe und ob ich überhaupt wisse, was für Reparaturkosten das bedeutete.

»Sie hören von uns, Mevrouw«, sagten sie und stiegen in ihr Auto; ihre mürrischen Gesichter verhießen nichts Gutes.

Die ganze Zeit über hatte Mieze Nummer 14 schnurrend auf meiner Schulter gesessen, ein warmes, schwarzes, lebendiges Etwas, das mich mit seinen Schnurrhaaren ab und zu im Ohr kitzelte. Aber als die Männer die Wagentür zuschlugen, sprang sie von meiner Schulter auf den Marmorboden der Diele. Ich achtete nicht darauf, ich blickte dem Auto nach, einem glänzenden blauen Käfer, der die Allee hinunterfuhr und in die Straße einbog. Die Buchen, links und rechts des Zauns, bewegten sich nicht. Sie standen zu mir, das wusste ich.

Nun werde ich wohl bald aus dem Haus müssen, dachte ich. Von den zerbrochenen Scheiben unten haben sie nichts gesagt, das ist ein schlechtes Zeichen, obwohl ich es doch schwarz auf weiß habe, dass die Bauernburschen sie eingeschlagen haben, mit ihren bösen Steinen und Stöcken oder, wer weiß, mit ihren verletzenden schrillen Stimmen. Das Auto passte in die weiße Landschaft. Man ist immer geneigt, Natur und Technik als unvereinbaren Gegensatz darzustellen, aber ich sah jetzt, wie lächerlich das ist: Das Auto gehörte in die Landschaft, die es ebenso selbstverständlich empfing wie der Fluss den Rheinkahn oder das schnelle Polizeiboot. Vielleicht trug auch die Farbe dazu bei, hellblau, ein germanisches Auge, rasch zurückweichend und kleiner werdend, das Auge der Gemeinde, das – wie klein es auch ist – immer aufs Haus gerichtet bleiben wird.

Ich liebe das Haus. Mehr als normal, sagen einige Leute, besonders Männer, Freunde von früher, die mich ab und an, wenn auch immer seltener, besuchen. Aber ich weiß schon, was sie normal nennen. Normal wäre es, wenn sie mir wichtiger wären als das Haus. Normal wäre es, wenn ich auf ihre Heiratsanträge eingehen würde, wenn ich zugäbe, dass es hier der reinste Saustall ist und dass ich nicht in einen solchen Saustall gehöre, ich, die es »besser gewohnt bin«, die früher in einem Haus gelebt hat, in dem alles seinen festen Platz hatte: das Frühstück, die Liebe und das Staubtuch. An ihrer Seite sollte ich wieder ein ordentliches Leben führen, eine Ordnung, die daraus besteht, alle Unordnung systematisch zu unterschlagen. Am liebsten würden sie mir das Haus wegnehmen, denn ihre Liebe fordert ihren Preis. Das Haus ist solide gebaut, aus hartem und ehrlichem Material; ihre Liebe aber entspringt nicht Kraft, sondern Schwäche. Sie brauchen jemanden, der ihre Schwächen und Feigheiten entschuldigt. Manchmal kommen sie abends, angetrunken, weinerlich, und sagen: Du bist die Einzige, und ich glaube ihnen eine Nacht lang, bis es Morgen ist und ihr Gejammer anfängt. Sie wollen ein sauberes Handtuch, sie kommen zu spät zur Arbeit, und das ist meine Schuld, weil ich in diesem lächerlichen Haus wohne, ihre Mutter (dreißigjährige Männer!) hat gesagt, dass es bessere Frauen für sie gibt, und so weiter.

Ich liebe das Haus, weil es stark ist, weil es ungerührt stehen bleibt mit seinen elf Kammern, elf Herzkammern. Manchmal denke ich: Ich bin ebenso stark wie das Haus, ich brauche seine Wände nicht, um mich anzulehnen, seine Fenster nicht, um hinauszuschauen, und ich schlage die Tür hinter mir zu und laufe mit einem erregenden Gefühl von Unabhängigkeit über eine halbe Stunde durch den Schnee und die Kälte, um die Emmerings zu besuchen, die mir am nächsten wohnen, abgesehen von ein paar Bauern, mit denen ich nie spreche.

Aber einmal bei den Emmerings angekommen, weiß ich, dass ich ohne das Haus nichts bin, nichts zu sein wage, als sei ich auf einem unbekannten und feindlichen Terrain, wo sogar Flüstern gefährlich ist und meine Anwesenheit ohne jede Berechtigung. Ich weiß nicht, was ich zu ihnen sagen soll, mir ist ihre Herzlichkeit peinlich, weil ich sie nicht erwidern kann, weil ich sie nicht erwidern will. Mit ihm kann ich nicht über den Fernseher reden, den sie gerade gekauft haben und mit dem er glücklich ist wie ein Junge mit seinem blitzenden Taschenmesser, und – wenn er einen Augenblick nicht im Zimmer ist – mit ihr über Dinge, über die Frauen vertraulich mit anderen Frauen reden wollen, wenn ihr

Mann nicht in der Nähe ist. Es ist alles so adrett bei ihnen, so proper eingerichtet, so geregelt, ihr Leben hat offenbar einen Sinn, sie haben den rechten Weg gefunden, während ich noch immer im Gestrüpp herumsuche, ohne die geringste Ahnung, wohin ich gehe, und – das ist noch das Schlimmste – ohne den Willen, irgendwohin zu gehen. Ich sitze da in ihrem Zimmer und begreife meinen Irrtum und sehne mich nach dem Haus und denke mir eine billige Lüge aus: Es tut mir so leid, aber ich muss los, ein Termin beim Friseur oder beim Notar oder beim Klempner, wenn ich nur wegkomme.

Ich brauche die Wände des Hauses um mich, wie ich die Hände meines Vaters brauchte, seinen Geruch von Alkohol und Tabak, als ich klein war. Aber wie ich damals nie sicher wusste, ob mein Vater mich akzeptierte, so weiß ich jetzt nicht, ob das Haus mich akzeptiert. Mitten in der Nacht, wenn ich warm im Bett liege, Mieze 14 schnurrend an meinem Bauch, meinen Brüsten oder unter meinen Füßen, denke ich: Ich bin das zwölfte Zimmer des Hauses. Aber am nächsten Tag weiß ich: Ich habe mir selbst etwas eingeredet, das Haus braucht mich nicht so, wie ich es brauche, es braucht sich nicht einmal selbst, so stark ist es.

Deshalb liebe ich Mieze 14 (die, als ich sie einen Monat lang hatte, Mieze 1 hieß), weil sie mich braucht, denn für sie bin ich stark, wie für mich das Haus stark ist. Aber sie braucht mich nicht, das war eine Illusion, denn nachdem die Männer im blauen Volkswagen weggefahren waren, habe ich sie nicht wieder gesehen.

In den ersten Tagen dachte ich: Natürlich kommt sie

zurück, was soll sie im Schnee? Das ganze Haus suchte ich ab, ich ging sogar zu den Bauern in der Umgebung, um zu fragen, ob sie nicht zu ihnen gelaufen sei, und zu den Emmerings, obwohl das natürlich Unsinn war, denn die hätten sie sicher zurückgebracht. Sieh mal, sagte er, wir haben den Apparat in die Wand einbauen lassen, und sie: Wie lange bist du nun eigentlich allein, ich könnte es keinen Tag ohne Erik aushalten, obwohl er mir manchmal auf die Nerven geht, um es mal ehrlich zu sagen, vor allem sonntags, wenn er in Unterwäsche durchs Haus läuft.

Aber Mieze 14 hatten sie nicht gesehen. Nimm eine andere, sagten sie, nimm doch eine andere, Mädchen. Katzen genug auf der Welt. Männer genug auf der Welt.

Ich wollte auch eine Anzeige in der Lokalzeitung aufgeben. Ich bin dazu sogar ins Dorf gegangen, aber als ich das Büro der Zeitung betrat (ein graues Gutshaus mit einem adretten Gärtchen und einem drei Meter langen Kiesweg), wusste ich plötzlich genau, dass eine Anzeige nicht helfen würde: Sie konnte nicht lesen, Mieze 14, und niemand hatte sie gefunden, sie war schon weit weg, in Belgien vielleicht oder noch weiter.

Ich stand vor dem Schalter, und ein Gesicht wie ein rosa Luftballon blickte mich an und fragte, was ich wolle. Ein Abonnement, sagte ich, oder nein, doch lieber nicht, Guten Tag, Meneer.

Vielleicht, dachte ich später, kommt sie zurück, wenn es taut und die Männer im blauen Volkswagen den Haupthahn wiederfinden. Oder vielleicht ist sie nicht weg, ist sie immer bei mir, wie meine Jugend, aber das ist

Philosophie, kein greifbarer Halt und deshalb eine Lüge. Nichts kommt wieder zurück, jede vergangene Sekunde ist eine verlorene Sekunde, für immer verloren, zu Staub geworden.

Oder haben die Männer im Auto sie mitgenommen? Aus Rache für das geplatzte Rohr und die zerbrochenen Scheiben? Mieze 14 sprang mir von der Schulter, die Wagentür knallte zu, sie fuhren weg, hinein in die Umarmung der Landschaft. Aber sie können sie nicht mitgenommen haben, denn sie sprang mir in dem Augenblick von der Schulter, als die Autotür zuknallte. Weiß ich das genau? Nein, nichts weiß ich genau; sie können ihr doch ein Stück weiter aufgelauert haben. Und ich misstraue diesen Männern, ich habe ihnen sofort misstraut, sie wollen mir das Haus wegnehmen, warum sollten sie mir dann Mieze 14 nicht auch wegnehmen wollen? Einer von ihnen, im Keller, beim Abflusshahn, steckte sich eine Zigarre an, der andere hatte ungeputzte Schuhe. Ich kann mich nicht mehr an ihre Gesichter erinnern. Haben sie Mieze 14 mitgenommen? Entführt?

Ich glaube nicht mehr, dass sie wieder zurückkommt.

Jetzt sind sie unten, die Männer von der Stadt. Zuerst haben sie gegen die Tür geballert, denn die Klingel geht nicht mehr, aber ich liege im Bett, und ich gehe nicht nach unten. Seitdem es taut, ich weiß nicht, wie viele Tage schon, liege ich im Bett. Sie haben zuerst gegen die Tür geballert, und vorher hatte ich schon das Auto gehört, denn ein Volkswagen macht ein spezielles Geräusch, es erinnert an einen Staubsauger. Aber jetzt sind sie doch im Haus, es gibt so viele zerbrochene Scheiben, das machen die Burschen aus der Gegend, auch wenn sie denken, dass ich das mache, als wenn ich verrückt wäre.

Sie rufen, die Männer. Sie rufen, ist jemand da? Aber die Treppe herauf wagen sie sich doch nicht, oder vielleicht ist ihnen das auch egal. Ich höre sie reden. Ich versuche, es nicht zu denken, aber ich denke: Gleich kommen sie herauf, klopfen höflich an die Tür und sagen, Mevrouw, hier haben Sie Ihre Mieze wieder, wir haben sie versehentlich mitgenommen und auch ein bisschen, weil wir wütend waren, dass Sie neulich die Wasserleitung haben einfrieren lassen, aber hier haben Sie Ihre Mieze zurück, alles ist vergeben und vergessen.

Jetzt sind sie wieder fort, ich höre das Auto wegfahren.

Wie schnell das geht, das Tauen, im Garten ist kein Schnee mehr zu sehen. Das Gras ist tot und braun, man fragt sich, wie das je wieder grün werden soll, das Gras und die Bäume und die Sträucher. Vögel sitzen auf dem Fenstersims, aber wenn ich aufstehe, fliegen sie weg, nicht weit weg, sie fliegen auf einen Baum.

Die Treppe hinunter. Ein Zettel auf dem Tisch unten im Flur. Mevrouw, Sie können den Wasserhahn im Keller wieder benutzen. Denken Sie bitte daran, solange es nachts noch friert, den Haupthahn jeden Abend zuzudrehen. Der Haupthahn ist im Garten, links vom Zaun, unter einer Betonplatte. Im Laufe des Aprils müssen Sie das Haus verlassen, aber Sie bekommen noch näheren Bescheid.

Kein Wort über Mieze 14.

Na ja, natürlich nicht, Mieze 14 ist weggelaufen, einfach weggelaufen. Du weißt doch wohl, was das ist? Weglaufen, von jemandem weglaufen, hast du das nicht selbst getan, wie lange ist das schon wieder her?

Er stand dir gegenüber, und du sahst, dass er dich nicht liebte. Was bist du bloß für ein komplizierter Mensch, schwierig, mit dir zu leben, sagte er. Du sahst auch, dass er dich schlagen wollte. Er war nicht mehr der, den du kanntest.

Du sahst, dass er dich nicht liebte, aber das ist falsch ausgedrückt. Du meinst etwas anderes. Du meinst, du sahst in seinen Augen, dass du ihn nicht mehr liebtest. Du meinst also etwas ganz anderes. Am Revers seines Jacketts steckte die Nadel des Ruderclubs, dessen Mitglied er war, weil er ein paar Jahre lang die Universität besucht hatte, und plötzlich wurde die Nadel für dich ein Zeichen seiner Lächerlichkeit. Wie kannst du die nur so demonstrativ tragen, dachte ich. Armes Würstchen.

Du dachtest, jetzt wird er anfangen zu heulen, wie meistens bei unseren Auseinandersetzungen, sobald er spürt, dass er der Verlierer sein wird, aber er tat etwas Unerwartetes, er setzte sich an den Tisch und fing an, Zeitung zu lesen. Er blickte nicht einmal auf, als du sagtest: Ich gehe. Und er lief dir nicht hinterher, als du wirklich weggingst.

Drei Jahre sind zu viel

I

»Gleich klingelt der Wecker«, sagte die Frau. Sie saß in ihrem Morgenmantel (einem blauen, mit gelben Palmen) auf der Bettkante.

»Stell ihn doch bitte ab«, bat die andere Frau, die halb aufgerichtet im Bett saß, eine Zigarette rauchte und eigentlich noch viel zu verschlafen war, um aufzustehen.

Der Morgen war angebrochen. Durch das Fenster sah sie auf einen Teil des Hafens, ein Schlepper und, weiter hinten, verschwommen, ein paar Kräne und ein Silo. Der Teil des Hafens, den sie nicht sehen konnte, lag hinter einem großen Gebäude, in das seit zehn Minuten Menschen hineinströmten, Büroangestellte und blasse Männer in dünnen weißen Regenmänteln.

»Es wird ein schöner Tag«, meinte die erste Frau.

Sie schaute aus dem Fenster zum Himmel, als suchte sie nach Beweisen für ihre Behauptung, doch sie fand keine, denn die Sonne versteckte sich gerade hinter einer riesigen grauen Wolke. Die andere Frau sagte darauf nichts. Sie schnippte ein bisschen Zigarettenasche weg, die auf ihr Nachthemd gefallen war.

»Bist du jetzt nicht aufgeregt?«, fragte die erste Frau.

»Noch viel zu müde«, antwortete die andere.

»Aber dann werd doch wach!«

»Warum sollte ich? Solange eine von uns aufgeregt ist, reicht es doch.« Die erste Frau stand auf und lief zum Gaskocher, der auf einem wackligen kleinen Tisch in einer Ecke des Zimmers stand.

»Ich werde mal Tee machen«, sagte sie. Die andere ließ sich zurück ins Bett fallen. Sie drückte ihre Zigarette in einem Aschenbecher aus, der auf der Bettdecke stand, und schloss die Augen.

»Aber er ist doch dein Mann«, sagte die erste Frau. Das Gas zischte.

Die andere Frau schrak auf, faltete die Hände hinter ihrem Kopf, ohne die Augen zu schließen.

»Ich war schon wieder eingeschlafen«, sagte sie.

»Sein Zug wird bald einlaufen.«

»Ach, ja«, sagte die Frau im Bett. Langsam legte sich etwas wie Missmut um ihre Lippen.

Die erste Frau setzte sich wieder aufs Bett. Sie strich mit der Hand über ihren Morgenrock.

»Er muss dringend in die Wäsche«, sagte sie.

»Ich wollte, er käme nicht«, sagte die andere Frau plötzlich wütend. Die andere sah sie fassungslos an.

»Aber er ist doch dein Mann«, wiederholte sie.

»Ja, und?«, fragte die Frau im Bett. Sie richtete sich wieder auf und angelte nach der Packung Zigaretten, die neben ihr auf einem Stuhl lag. Sie machte eine ungeschickte Bewegung, und der Aschenbecher kippte auf die Decke. Die Frau fluchte.

»Geh mal vom Bett runter«, sagte sie. Die andere gehorchte, und die Frau zog mit einer einzigen Bewegung die Überdecke vom Bett und warf sie auf den Boden. Dann legte sie sich wieder hin. Sie steckte sich keine Zigarette mehr an.

»Drei Jahre ist er weg«, sagte sie. »Ich bin nicht die Heilsarmee. So viel Liebe besitze ich nicht. Er soll lieber gar nicht kommen.«

»Aber er war doch nicht zu seinem Vergnügen weg.«

»Drei Jahre sind zu viel.«

»Für ihn aber auch.«

»Das Wasser kocht.«

Die Frau im gelbblauen Morgenmantel ging zum Gaskocher und goss das kochende Wasser in die Teekanne. Die andere sah schweigend zu.

2

»Nein, ich trage ihn lieber selbst«, sagte der Mann zu dem Gepäckträger, der seinen Koffer nehmen wollte. Er ging langsam den Bahnsteig entlang, setzte den Koffer von Zeit zu Zeit ab, um ihn dann in die andere Hand zu nehmen. Der Mann trug einen neuen grauen Regenmantel, aber seine Schuhe waren alt und schlecht geputzt. Der Koffer war aus schwarz gefärbtem Kunstleder. Der Mann trat aus dem Bahnhof, blieb stehen und blickte sich um.

Ein Taxi hielt neben ihm, zwei Leute stiegen aus. Der Fahrer warf einen fragenden Blick herüber, ließ den Motor aber wieder an, als er sah, dass der Mann ihn nicht einmal bemerkt hatte. Die Stadt ist noch genauso grau wie früher, dachte der Mann. Immer dasselbe. In einer Stunde wird es regnen. In den Büros wird das Licht eingeschaltet. In den Straßenbahnen wird es voller. Die Zeitungsverkäufer stellen sich im Wartehäuschen unter. Der Polizist schlägt den Kragen hoch. In einer Stunde wird es regnen, genau wie vor drei Jahren.

Er nahm seinen Koffer und überquerte den Bahnhofsplatz. Die Stadt roch sogar noch genauso wie früher: ein müder Geruch von Benzin und Abfall und alten Häusern. Ein kleines Mädchen ging vor ihm. Ihre weißen Strümpfe waren heruntergerutscht, und sie trug ein braunes Mäntelchen, das ihr zu klein war; die Taille saß fast unter ihren Schulterblättern. Ich muss gut überlegen, was ich tue, dachte der Mann.

Wieder blieb er stehen und lehnte sich an das Schaufenster eines Zigarettenladens. Er stieß mit dem Fuß gegen den Koffer, bis er beinahe umfiel, und zog ihn dann wieder zurück. Wenn der Koffer umfällt …, dachte er. Ja, was dann? Dann würde er nicht nach Hause gehen. Das Haus mit der abgenutzten Treppe und dem klammen Seil, mit dem man von oben die Tür öffnete, mit dem Briefkasten, in dem immer nur Werbung von Lebensmittelhändlern und Flyer mit Preisausschreiben lagen, das Haus mit dem nie abgerissenen Kalender im Flur, auf dem ein Bauernhof abgebildet war. Und dann das Zimmer. Das Zimmer, in dem seine Frau jetzt sicher noch im Bett liegen würde, eine Zigarette nach der anderen rauchend, wenn sie überhaupt schon wach war.

Und die dünne Tasse Tee, an der Wand das Bild mit den beiden Affen, die eine Banane schälen, verzogen von Alter und Feuchtigkeit. Und seine alte Hose, die sicher noch im Schrank hing, die Hosenbeine ausgebeult und zerfranst.

Aber der Koffer fiel nicht um. Der Mann blickte kurz hin, wandte sich dann ab und ging in den Zigarettenladen.

Er kaufte eine Packung Zigaretten, eine Zehnerpackung (eine neue Marke), und nickte, als der Inhaber ihn fragte, ob er jetzt gleich eine rauchen wolle.

Als er, die Zigarette im Mundwinkel, wieder aus dem Laden kam, stand sein Koffer wie vorher da. Er nahm ihn und ging den Weg zurück, den er gekommen war, jetzt etwas schneller als vorher und mit mehr Mut, weil seine Entscheidung schließlich unabhängig davon gewesen war, ob ein toter Gegenstand umgefallen war oder nicht.

Das Abenteuer des Unterwegsseins

Eines schönen Tages wurden Willem und ich von der Sehnsucht gepackt, auf Reisen zu gehen. Nächtelang diskutierten wir und kamen endlich zu dem Schluss, dass keiner von uns beiden ein bestimmtes Ziel vor Augen hatte, es ging uns allein um das Abenteuer des Unterwegsseins. Weiter, immer weiter, sagte Willem, und ein eigenartiger Glanz lag in seinen Augen. In Bewegung bleiben, das ist das Wichtigste, ergänzte ich, und wir zerrissen die Landkarten, die wir uns in unserem ersten Rausch aus einem Schreibwarenladen besorgt hatten.

Nachdem verschiedene notwendige Vorbereitungen getroffen waren, wie beispielsweise die Anschaffung eines Rucksacks, einer Feldflasche, eines Taschenmessers und was derlei Dinge mehr sind, war der große Tag endlich angebrochen. Mit einem Seufzer der Erleichterung schlugen wir die Haustür hinter uns zu. In der Straßenbahn wurde ich schon mal mit dem Rucksack zwischen den automatisch schließenden Türen eingeklemmt, und dann entriss mir ein wilder Schuljunge den Wimpel mit dem

Wappen von Amsterdam und verschwand damit, bevor ich ihn zu fassen bekam, aber unsere gute Laune hielt diesen kleinen Unannehmlichkeiten vollauf stand.

Bereits vor zwölf Uhr mittags standen wir an der Straße. Während Willem, der beim Aufstehen ein Bier getrunken hatte, um den Schlaf zu vertreiben, in einen Graben pinkelte, machte ich das bekannte Zeichen mit dem Daumen, und es dauerte nicht lange, bis ein Lastwagen hielt. Klettert mal hinten drauf, sagte der Fahrer, und natürlich ließen wir uns das nicht zweimal sagen. Es war ein Lastwagen mit einer offenen Ladefläche, aber wir hockten uns hinter die Fahrerkabine und saßen gemütlich im Windschatten. Wir sahen wunderschöne Dinge unterwegs, wie zum Beispiel tief über die Wiesen hängende Hochspannungsleitungen, eine Schubkarre in einem Rübenfeld, einen Regenbogen über einem Industriegebiet. Immer wenn ich etwas Schönes sah, stieß ich Willem an und machte ihn darauf aufmerksam. Das ist etwas für dich zum Zeichnen, sagte ich dann. Meistens gab er keine Antwort, denn er ist ein Mann von wenig Worten.

Nachdem wir eine ganze Weile gefahren waren, hielt der Lastwagen, und der Fahrer gab uns zu verstehen, dass er an diesem Tag nicht weiterfahren würde. Beim Aussteigen schrammte ich mein Schienbein ganz gemein an der Ladeklappe, doch: nur Mut. Es war vier Uhr nachmittags, und wir standen in einem Dorf, das einen verlassenen Eindruck machte, aber die Bewohner waren natürlich bei ihrer Arbeit auf dem Feld. In dem noch ziemlich neuen Dorfcafé stärkten wir unseren inneren Menschen, indem wir ein Stück Kuchen aßen, das uns säuberlich auf einer Untertasse serviert wurde. Es zog ziemlich in dem Café, aber wir setzten uns dicht an den Ofen, in dem ein schwaches Feuer brannte, und wärmten uns die Hände. Die für unsere städtischen Ohren ungewohnte ländliche Stille wurde nur durch das Ticken einer Uhr und den an den Fenstern rüttelnden Wind gestört. Ich blätterte in einer Illustrierten, während Willem auf die brachliegenden Felder starrte. Noch ein Kaffee und ein Kognak, und dann machten wir uns wieder auf den Weg.

Als wir einige Zeit in der Dorfmitte gestanden hatten und außer einem Traktor und einem Mann auf seinem Fahrrad niemand sonst vorbeigekommen war, beschlossen wir zu laufen. Außerhalb des Dorfes blies uns der Wind voll ins Gesicht. Ich begann ein Lied zu singen, an das ich mich von früher her erinnerte, aber der Wind riss mir die Worte aus dem Mund. Die Schürfwunde an meinem Bein brannte schmerzhaft. Ich schmierte etwas Vaseline darauf, die ich in meiner Gedankenlosigkeit ganz unten in den Rucksack gestopft hatte, und dann ging es wieder besser – nur klebte mein Hosenbein ab und zu an meinem Bein fest. Die Wolken hingen tief, und die Dämmerung, die den ganzen Tag über gelauert hatte, nahm zu. Willem schlug vor, schon jetzt nach einer Unterkunft zu suchen, aber ich fand, dass wir noch ein bisschen durchhalten müssten. Außerdem war nirgends ein Haus zu entdecken, nur hier und da eine verfallene Scheune. Offensichtlich war dies keine wohlhabende Gegend. Während wir hierüber noch diskutierten, kam wie gerufen ein kleines Personenauto hinter uns her. Er könne uns wohl ein Stück mitnehmen, sagte der Fahrer, nachdem er uns gründlich begutachtet hatte, um zu sehen, ob man uns über den Weg trauen könnte, aber anscheinend fanden wir Gnade vor seinen Augen. Willem setzte sich mit dem Gepäck nach hinten und ich neben den Fahrer, der sagte, in dieser Gegend sei nicht viel los, danach schwieg er, wie sehr ich auch versuchte, ein Gespräch mit ihm anzuknüpfen. Nach einer Weile hielt der Mann vor einer kleinen Fabrik für Rattanmöbel an und sagte, er sei am Ziel. Wir stiegen aus und bedankten uns. Und so liefen wir gleich darauf wieder einträchtig und beharrlich nebeneinander weiter.

Es hatte inzwischen angefangen zu nieseln, und auch unsere Beine machten sich jetzt bemerkbar. Wir setzten uns an den Straßenrand, die Mäntel über dem Kopf mit dem Rücken gegen den Wind. Abwechselnd nahmen wir einen Schluck aus der mit Kognak gefüllten Feldflasche. Und bald floss neue Energie in unsere erstarrten Glieder. Willem fing mit einer langen Geschichte über ein Mädchen an, das er gekannt hatte oder das er kennenlernen wollte (durch das Heulen des Windes wurde mir das nicht ganz klar), und es tat gut, den vertrauten Klang seiner Stimme in der nun einbrechenden Dunkelheit zu hören. Von Zeit zu Zeit träumte ich ein bisschen vor mich hin und dachte an kleine unwichtige Sachen: zusammengeknülltes Papier auf einem Bretterboden, wie ich früher im Winter morgens immer die Schlacke aus dem Ofen kratzen musste, das Geräusch eines Transistorradios, wenn die Batterien fast leer sind, Reißzwecken, die sich verbiegen, wenn man sie in die Wand drücken will, und wie man, wenn man Alkohol auf dem Tisch verschüttet hat, mit dem Zeigefinger eine Zeichnung machen (beispielsweise eine Spinne) oder seinen Vornamen schreiben kann.

Als wir so weit warm geworden waren, wie das unter diesen Umständen möglich war, hievten wir uns wieder hoch. Wir bogen in einen schmalen Feldweg ein, halb und halb erwartend, dass er uns zu einem Bauernhof führen würde, wo wir um Unterkunft bitten könnten. Doch wir wurden enttäuscht, auch wenn ich der Meinung bin, dass wir den Mut zu schnell sinken ließen. Da der Weg sehr matschig war und wir immer aufpassen mussten, dass wir nicht ausrutschten oder in eine Pfütze traten, kamen wir nur langsam voran. Zum Glück bemerkten wir nach einiger Zeit im Strahl meiner Taschenlampe eine niedrige Steinmauer, die ein Stück landeinwärts lag. Sie war offenbar der Rest einer Scheune, die hier einst gestanden hatte. Hinter diesem Mäuerchen suchten wir Schutz für die Nacht. Durch den Kognak und die Anstrengung der Reise fiel ich schnell in einen leichten Schlaf, aus dem ich ab und an durch die Kälte und ein verzweifeltes Stöhnen aus Willems Richtung geweckt wurde.

Es war noch dunkel, als wir am nächsten Morgen aufwachten. Unsere erste Aktivität bestand darin, dass wir uns die Arme um den Körper schlugen und ein paar kurze Sprints einlegten, um den Kreislauf in Schwung zu bringen. Danach machten wir uns munter wieder auf den Weg. Wir liefen zurück zur Hauptstraße, und das Glück blieb uns hold, denn kaum dort angelangt, näherte sich ein Überlandbus, den wir durch heftiges Winken zum Halten brachten. Wir kauften zwei Fahrscheine bis zur Endstation, und die behagliche Wärme im Bus und dazu das Vorbild der Mitreisenden ließen uns bald einschlafen. Ein hinter uns sitzender junger Mann war so freundlich, uns wach zu rütteln, als der Bus die Endstation erreicht hatte. Inzwischen war es hell geworden, und eine kalte Sonne verlieh der mittelgroßen Provinzstadt, in deren Hauptstraße wir jetzt standen, einen wässrigen Glanz. Wir gingen in eine der Haltestelle gegenüberliegende Cafeteria und bestellten Pommes mit Fleischkroketten und zwei Gläser warme Milch. Als wir das alles verspeist hatten, bestellten wir nochmals Pommes, diesmal mit Frikadellen und Bier. Danach lehnten wir uns zufrieden zurück und rauchten eine Zigarette.

In dieser friedlichen Atmosphäre kamen wir auf eines unserer beliebtesten Themen zu sprechen: den Sinn des Lebens. Beide glaubten wir nicht an diesen Sinn – wir hatten jedenfalls noch nie einen Beweis dafür gefunden, sehr wohl aber Beweise für das Gegenteil –, aber dennoch ließ uns diese einfache Feststellung keine Ruhe. Wir fragten uns, ob es möglich sein könnte, den Begriff »Sinn des Lebens« abzuschaffen, und ob die kleinen und großen Vorfälle im Leben hierdurch nicht in ein düsteres Licht gerückt würden. Was war der Sinn unserer Reise? Das Reisen selbst, denn wir hatten kein Ziel. So könnte man auch sagen, dass der Sinn des Lebens das Leben selbst sei. Nur blieb man dann doch wieder an dem Wort »Sinn« hängen, und das wollten wir nun gerade los sein. Wir kamen zu keinem Ergebnis, aber das war auch nicht nötig.

Mittags wurden wir von einem Lieferwagen voll gebrauchter Fernseher direkt an der Grenze abgesetzt. Während Willem ängstlich zusah, musste ich auf Befehl des diensthabenden Zollbeamten meinen Rucksack leeren. Natürlich fand sich keine Schmuggelware, und ich konnte die Sachen wieder einpacken, was eine lästige Arbeit war, bei der mir niemand half. Nach diesem unangenehmen Aufenthalt gingen wir über die Grenze, und dieser Schritt über die imaginäre Linie war denn doch aufregend.

Nun, da wir wirklich im Ausland waren, sahen wir uns genau um. Vielleicht war es Einbildung, aber mir erschien es so, als habe diese Landschaft einen anderen Charakter. Das Land sah rauer aus, etwas verwahrlost, und es war gleichsam mehr Bewegung darin. Das Gras entlang der kurvenreichen Straße war länger, und die Bäume waren nachlässig gruppiert. Sogar die Wolken über den hügeligen Feldern zogen hier mit größerer Geschwindigkeit über den Himmel. Übermütig einigten wir uns darauf, an diesem Tag keine Autos mehr anzuhalten, sondern nur von unseren Beinen Gebrauch zu machen. Wir schritten kräftig aus und genossen in vollen Zügen die uns unbekannte Landschaft. Ich hoffte, dass Willem alles gut in sich aufnahm und ich dies Stück Erde auf einer Zeichnung oder einem Gemälde wiedersehen würde.

Nach ein paar Kilometern, die wir fast wie von selbst zurücklegten, gabelte sich die Straße, und ohne zu zögern wählten wir wortlos den schmaleren Weg, den Weg, der nach links führte. Außer ein paar über dem Land kreisenden oder in der klumpigen Erde pickenden Krähen gab es nirgendwo ein Lebenszeichen. Hier und da stand zwar ein Haus, manchmal dicht am Weg, manchmal etwas weiter entfernt in den Feldern, aber bei allen Häusern waren die Fensterläden geschlossen, und sie machten den Eindruck, als wären sie schon seit längerer Zeit unbewohnt. Hier und da auch einsame, verwitterte Scheunen, die offenbar zu nichts mehr dienten. Als wir einen Augenblick stehen blieben, um uns eine Zigarette zu drehen, sah ich einen von Rost zerfressenen Eimer im Gras liegen, dem der Boden fehlte. Ich hob ihn auf und warf ihn in einen Wassergraben, wo hoch aufgeschossene Brennnesseln ihn zudeckten. Eine herumliegende alte Konservenbüchse teilte schnell das Los des Eimers. Wie gern hätte ich noch einen aufgeplatzten, grau verwitterten Tennisball gefunden, doch leider war mir dieses Glück nicht beschieden.

Immer noch rauchend, setzten wir uns auf dem jetzt leicht ansteigenden Weg wieder in Bewegung, und ich erzählte Willem, wie viele Erinnerungen dieses sehnsüchtige Denken an den Tennisball in mir wachriefen. Mehrere Tennisbälle kamen von verschiedenen Seiten in mein Gedächtnis gerollt und blieben an ganz verschiedenen Orten liegen – im klebrigen Gruß eines Kohlenschuppens, hinten in einem morastigen Garten oder auf den Dielen eines Dachbodens im gebündelten Lichtstrahl der Sonne, der durch ein Dachfenster fiel. Auf einer sauber geputzten Granitplatte neben einem Kopf Salat lagen sogar zwei ungebrauchte, wollige und zartweiße Tennisbälle, und einen fand ich in einer Hecke, eingeklemmt und gefangen von einer Astgabel. Ich befreite den Ball und zwängte ihn in meine Hosentasche. In der Pause pfefferte dieser Möchtegernprofi den »Fußball der Armen« in die Regenrinne, wo er jetzt sicher nicht mehr liegt, denn die Schule wurde in einer Vergangenheit, die einfach nicht grau werden will, zerbombt.

Aber genug hiervon. Ich erzähle lieber weiter von unserer Reise.

Als wir am höchsten Punkt des Weges angelangt waren, sahen Willem und ich fern im Tal ein Dorf liegen. Es waren dunkelgrau und gelbweiß gepflasterte Bauernhöfe, teilweise durch hohe Buchen dem Blick entzogen. Wie zwei Pferde, die den Stall wittern, beschleunigten wir den Schritt; der Rucksack, dessen Träger mir schmerzhaft in die Schultern schnitten, hüpfte und hoppelte auf meinem Rücken. An ihre halb zerfallenen Hütten gekettete Hofhunde kläfften uns giftig an, als wir an den ersten Häusern des Dorfes vorbeigingen, und auf den Höfen hörten Kinder auf, mit ihren Stöckchen in Schlammpfützen zu rühren, in denen Hühnerfedern schwammen, und starrten uns mit offenem Mund an. Willem vermutete, dass in diesem Dorf immerhin eine Gastwirtschaft sein müsse, und schnell zeigte sich, dass er Recht hatte. Und mehr noch: Da der Ort zugleich an der Kreuzung einiger wichtiger Straßen lag, konnte man im Gasthof auch eine einfache Mahlzeit zu sich nehmen, und es gab sogar eine Übernachtungsmöglichkeit, wie wir von der hübschen Wirtstochter erfuhren, die uns begrüßte.

Sie hätten selten Gäste von weit her. Meistens seien es Vertreter für landwirtschaftliche Geräte oder ein Steuerbeamter aus der Hauptstadt. Einmal hätten sie eine Komödiantengruppe beherbergt, die durch eine Autopanne hier gestrandet war, unter ihnen ein aus Radio und Fernsehen bekannter Komiker, ein netter Mann, überhaupt nicht stolz. Man habe gelacht, wie man seit Jahren nicht gelacht hatte, und es war in der Nacht so spät geworden, dass einige Bauern direkt vom Lokal zum Melken gegangen waren. Aber im Übrigen sei hier wenig los, ginge das Leben so seinen durch die Jahreszeiten bestimmten Gang.

Bald nach dem Essen verzog ich mich auf unser Zimmer, während Willem, der mal wieder kein Ende finden konnte und bei der Wirtstochter ganz gut anzukommen schien, noch ein Glas trinken wollte. Das Zimmer, das im ersten Stock lag, war schlicht eingerichtet, mit einem Holzbett für zwei Personen, einem weinrot gepolsterten Lehnstuhl und einem Tisch mit Waschschüssel und Wasserkrug. An der Wand über dem Kopfende des Bettes war eine Glühbirne befestigt, die nicht mehr Licht gab als nötig, um sehen zu können, wo man war. Die Tapete sah ziemlich neu aus und war in dem sogenannten Picasso-Design gehalten. Ich öffnete die nach innen gehenden Fenster und genoss eine kleine Weile die Stille, die draußen herrschte.

Der Wind, schon fast seit zwei Tagen unser treuer Begleiter, hatte sich gelegt. Hier und da funkelte ein Stern durch die Wolken, und als sich meine Augen an die Dunkelheit gewöhnt hatten, unterschied ich Hecken, Bäume und Dächer und das etwas hellere Band der Dorfstraße, die sich zwischen den Bauernhöfen hindurchschlängelte. Auf die Fensterbank gestützt, philosophierte ich über das Landleben, das auf so viele Städter eine magische Anziehungskraft auszuüben schien. Dennoch, so überlegte ich, war das Landleben mehr als die sensible Pflege eines ungespritzten Gemüsegartens. Wie schwer musste das Dasein des Bauern in den sich lebenslang wiederholenden Jahreszeiten sein. Wie unerträglich, jedes Jahr wieder die Angst, dass die Ernte vernichtet werden könnte, dass es zu viel oder zu wenig regnet, dass Schweinepest, plötzlicher Hühnertod oder die Maul- und Klauenseuche ausbrechen oder dass der Wurm ins Obst kriecht. Hiermit verglichen waren Straßenlärm und Abgase leicht zu ertragende Lasten.

Die Abendluft ließ mich frösteln. Ich schloss das Fenster und versorgte, nachdem ich mich ausgezogen hatte, die Wunde an meinem Bein. Von unten hörte ich das Summen von Stimmen und ab und zu ein Lachen, beruhigende Geräusche, die verrieten, dass man sich bestens amüsierte. In der Ferne bellte ein Hofhund.

Bevor wir die Reise antraten, hatte ich mir vorgenommen, Tagebuch über unsere Abenteuer zu führen, und mir schien, jetzt sei der richtige Augenblick gekommen, ein paar Aufzeichnungen in das zu diesem Zweck angeschaffte Heft zu machen. Ich setzte mich im Bett auf, zog das Laken und die Steppdecke und den Überwurf so hoch wie möglich zu mir herauf, nachdem ich vorher die Nackenrolle gut oder schlecht in eine Rückenstütze verwandelt hatte. Das war keine leichte Arbeit, weil das Kissen die Neigung hatte, sich immer wieder in die ursprüngliche, längliche Form zurückzubiegen.

Im kargen Schein der Lampe schrieb ich das Datum ins Heft. Aber dann stieß ich auch schon auf eine Schwierigkeit, denn plötzlich wurde mir klar, dass ich nicht wusste, wie das Dorf hieß, in dem wir waren, doch würde ich mich danach am nächsten Morgen noch erkundigen können, überlegte ich erleichtert. Auch beschloss ich nach einigem Hin und Her, dass es den Regeln des Tagebuchschreibens nicht widersprach, wenn man heute über das schrieb, was gestern passiert war. Ich kam jedoch nicht so weit, dem Papier einen ersten Satz anzuvertrauen. Immer wieder aufs Neue formulierte ich, vor mich hin murmelnd, wie Willem und ich an jenem Morgen, der schon so lange hinter uns zu liegen schien, zu Hause losgegangen waren, und immer wieder hatte ich die vage Vermutung, dass ich gar nicht die wahren Ereignisse wiedergab und auch nicht die richtige Atmosphäre traf. War Tagebuchschreiben eine Kunst für sich, oder sollte es das gerade nicht sein? Musste man frisch von der Leber weg notieren, was man von den Ereignissen behalten hatte, dies und das, gleichsam ohne nachzudenken, aufs Papier werfen, oder musste man sich um jedes Detail kümmern, sodass man, wie ich jetzt, schließlich nichts zu Papier brachte? Und »frisch von der Leber weg« schreiben – war das vielleicht die Kunst?

Wie auch immer, es wollte mir einfach nicht gelingen, den ersten Satz genau genug im Kopf vorzubereiten, damit er aufgeschrieben werden konnte. Vielleicht würde der Morgen Klarheit bringen, für heute reichte es wenigstens. Während ich das Licht ausknipste, hörte ich aus der Wirtsstube kräftige Männerstimmen ein fremdsprachiges Lied anstimmen – als sie zu Ende gesungen hatten, hörte man nach einigem Stimmengewirr Willems hellen Tenor, der die Ehre unseres Landes mit einem gefühlvollen »Ja, das Land hab ich lieb, und das Land ist mein Stolz« hochhielt. Noch bevor das Lied zu Ende war, versank ich warm in Morpheus' Armen.

Doch die Umarmung dauerte nicht lange. Ich schrak durch ein Stolpern und Poltern hoch, da Willem offensichtlich den Lichtschalter nicht finden konnte. Ich machte Licht und fragte ihn, wie der Abend verlaufen sei und ob er noch interessante Leute unter den Gästen entdeckt hätte, die ihn vielleicht zu Modellstudien inspirieren könnten. Aber das Einzige, was er aufgeregt flüsternd berichtete, war, dass er die Wirtstochter schrecklich begehrte. Und er war sich sicher, dass auch sie ihn schrecklich begehrte. Während er sich dennoch neben mich ins Bett legte, beschrieb er ihre Vorzüge in den glühendsten Farben. Nachdem ich ihm eine Weile zugehört hatte, schlug ich ihm vor, jetzt doch lieber zu schlafen, denn am nächsten Tag mussten wir früh auf, um unsere Reise fortzusetzen. Er murmelte etwas wie Zustimmung, und nachdem er sich nochmals herumgeworfen und vor sich hin geseufzt hatte, wurde es still in unserem Zimmer.

Ich weiß nicht, wie lange ich geschlafen habe, aber es muss mitten in der Nacht gewesen sein, als ich erneut aufwachte. Besorgt stellte ich fest, dass Willems Bettseite leer war, und mich beschlich ein ängstliches Vorgefühl nahenden Unheils. Ich hielt den Atem an und horchte. Zuerst hörte ich nur draußen den Ruf eines Nachtvogels, doch etwas später vernahm ich auch Geräusche im Haus, ein weit entferntes Quietschen und Knacken. Sofort stand ich neben dem Bett und begann hastig, alles, was wir hatten, zusammenzuraffen und in den Rucksack zu stopfen, auch die treue Feldflasche. Nachdem ich das Fenster geöffnet hatte, setzte ich mich aufs Bett und harrte der Dinge, die da kommen würden.

Die ließen nicht lange auf sich warten. Im Haus entstand ein Riesenkrach: Brüllen, Stampfen, Trommeln, Schreien und eine hohe bange Stimme, die der Wirtstochter, aber ebenso gut Willem gehören konnte, danach das Geräusch sich schnell treppauf nähernder Schritte. Die Tür flog auf, Willem rannte, nackt wie ein Baby, das Gesicht hilflos verzerrt, an mir vorbei und hechtete aus dem Fenster. Ich reagierte prompt, warf ihm seine Kleider und den Rucksack hinterher und konnte noch gerade, bevor der Wirt ins Zimmer stürmte, denselben Fluchtweg nehmen. Ein harter Boden und Brennnesseln fingen mich unsanft auf.

Das Dorf, dessen Namen ich bis heute nicht weiß, lag schon viele Kilometer hinter uns, als wir stehen blieben. Schweigend zog Willem sich an, während ich, ebenfalls schweigend, meinen Knöchel massierte, den ich mir beim Sprung empfindlich verletzt hatte. Wir setzten uns an den Straßenrand ins nasse Gras. Die Morgendämmerung breitete ihren Nebel über die Felder, und ich nahm einen kleinen Stein, der am Straßenrand lag, und warf ihn weit weg, und ich hörte ihn nicht herunterfallen. Mir war, als hätten wir den Mittelpunkt unserer Reise erreicht und würden nie wieder näher an zu Hause sein und nie wieder weiter entfernt als jetzt.

Wie ich meinen Geburtstag feierte

Es war der Morgen meines siebenundzwanzigsten Geburtstags, und ich ging zu meiner Mutter.

Immer wenn ich Geburtstag habe – und im Lande bin –, besuche ich an dem Tag meine Mutter. Diese Gewohnheit (nicht eine meiner schlechtesten, glaube ich) ist daraus entstanden, dass ich sehr lange keinen festen Aufenthaltsort hatte. Ich wohnte in Hotels, übernachtete bei Freunden oder war im Ausland.

Hinzu kommt, dass ich fast immer irgendetwas bei meiner Mutter gutzumachen habe, denn ich neige dazu, *ihren* Geburtstag zu vergessen. Außerdem: Es ist nicht *mein* Verdienst, dass ich auf die Welt gekommen bin. Das war doch vor allem ihre Leistung, und man muss eher sie dazu beglückwünschen als mich, der ich dabei eine ziemlich passive Rolle gespielt habe.

Meinem Vater kann ich zu gar nichts mehr gratulieren, denn er starb, als ich fünf Jahre alt war, und weil er damals bereits von meiner Mutter geschieden war und man mich für zu jung hielt, einen letzten Blick auf seine sterblichen Überreste zu werfen, habe ich keine Erinnerung mehr an ihn. Er hinterließ mir viel Geld, möglicherweise, um zu all meinen Geburtstagen beizutragen, die er nicht mehr erlebte.

Als ich mit achtzehn meinen Schulabschluss gemacht hatte, vertraute man mir einen großen Teil dieses Geldes an. Meine Mutter hatte nichts dagegen. Ihr Standpunkt ist, dass so viele Menschen so viel wie möglich ihren Willen bekommen sollen. Mein Vormund, ein Großonkel, erhob auch keine entscheidenden Einwände (oder sprach sie jedenfalls nicht aus), obwohl er eigentlich der Typ war, der gern solche Einwände geltend machte – so ein Den Haager Angeber, derart vornehm, dass er nur noch Platt sprach, gierig nach Tennis spielenden kleinen Mädchen schielte und, wenn er betrunken war, dreckige Witze von Ärschen und Schwänzen erzählte.

Aber während der deutschen Besatzung war er für kurze Zeit Bürgermeister eines Dorfes in der Gegend von Apeldoorn gewesen, und obwohl er nach dem Krieg nicht vor Gericht gestellt wurde, empfand er die ganze Sache doch als Fleck auf seiner weißen Weste. Er hatte etwas gutzumachen, das wusste er, und da er bei den Leuten seiner Generation unten durch war – sofern sie nicht in derselben Situation waren –, versuchte er, sich von seinen Schuldgefühlen freizukaufen, indem er ein übertriebenes und etwas kindisches Interesse am Wohlergehen von heranwachsenden jungen Leuten zeigte. So war er beispielsweise Stütze und Stab eines Clubs jugendlicher Mopedfahrer, obwohl er doch etwas bedenklich dreinschaute, als sie ankündigten, sie wollten auf gebrauchte amerikanische Autos umsteigen. Aber wer jung war, konnte in seinen Augen nichts Böses tun, und so hatte er sich auch nicht dagegen gewehrt, dass ich mein Geld bekam.

Ich hatte ihn jetzt ein paar Jahre lang nicht gesehen. Denn wenn er auch auf seine derbe, letztlich verständnislose Art die Jugend anbetete, begann er einem zu misstrauen, sobald man älter als drei- oder vierundzwanzig war. Er sagte dann: Dieser Junge hat mich schwer enttäuscht. Da es aber immer wieder neue junge Leute gab und sogar immer *mehr*, brauchte er nie wirklich zu verzweifeln.

Ich wohnte an einer Gracht, keine der schönsten Grachten. Das wollte ich auch gar nicht, denn es erschien mir unerträglich, den ganzen Tag historische Schönheit um sich zu haben. Es muss eine Alternative für das Auge geben. Ich ertrage auch keine Gebirge oder Wüsten und auch keine Woche auf dem Meer.

Die Gracht, an der ich wohnte, war eine Mischung aus Hässlich und Schön, und das Schöne war nie überwältigend schön. Und das Hässliche – einige Häuser waren gegen Ende des 19. Jahrhunderts ganz unerwartet zwischen die anderen Häuser gepflanzt worden – war nun auch wieder nicht so übertrieben hässlich, dass ich verpflichtet gewesen wäre, mich darüber zu ärgern.

Ich glaube, jetzt schweife ich ein bisschen ab. Aber ich will so wenig wie möglich außer Acht lassen. Kleinigkeiten sind wichtig, sagte der Pastor und schrieb gott fortan mit einem kleinen Anfangsbuchstaben. Das Muttermal unter dem Haar der Geliebten – wer das nicht bemerkt, wird niemals ein wirklich guter Liebhaber werden.

Jeden Tag um dieselbe Zeit trieb ein Kondom durch die Gracht. Diese Regelmäßigkeit faszinierte mich. Irgendwo wohnte also jemand – ein Mann oder eine Frau –, der jede Nacht um, sagen wir, zwei Uhr so ein Ding ins Wasser warf. Oder vielleicht geschah es frühmorgens. In jedem Fall musste es sehr früh getan werden, denn dabei kann man keine Augenzeugen gebrauchen. Ich stand am Fenster und sah den magermilchweißen Finger dahintreiben. Manchmal drehte er sich langsam und nutzlos um die eigene Achse. Eine Ente schwamm ein Stück in seine Richtung, sah aber beim Näherkommen, dass es nichts Essbares war, und paddelte im Bogen daran vorbei.

Ich ging die Treppe hinunter und schloss die Haustür hinter mir. Nachts hatte es geregnet, aber das Straßenpflaster war jetzt trocken. Vielleicht wurde es schon Frühling.

Ich fühlte mich wohl, aber das war nichts Besonderes. Es gab kaum Schwierigkeiten in meinem Leben – nicht, dass ich ihnen aus dem Weg gehen würde, aber sie kreuzten meinen Weg einfach nicht. Ich hatte keine Frau, wohl Freundinnen. Ich führte ein geregeltes Leben und warf mein Geld nicht zum Fenster hinaus. Vielleicht war mein Dasein etwas oberflächlich, aber ich hatte Spaß am Leben, und das ist auch etwas wert. Mein Protest beispielsweise gegen einen Krieg in Asien war nur ein Lippenbekenntnis, er bereitete mir keine schlaflosen Nächte, und ich hatte auch nie deswegen auf etwas verzichtet.

Mit einem guten Bekannten – Plasky – hatte ich vor zwei Jahren eine Galerie eröffnet, die sehr erfolgreich war. Da wir uns vor allem für Objekte interessierten, die bislang noch nicht ausgestellt waren, tauften wir unsere Galerie *Galerie Naissance.*

Nein, bis auf ein paar kleine Unannehmlichkeiten hatte ich allen Grund, mit meinem Leben sehr zufrieden zu sein.

Meine Mutter wohnte im fünften Stock eines Wohnblocks in Amsterdam-Süd.

Ihre Mutter ist nicht da, sagte die Putzfrau, als sie die Tür öffnete, boshaft blickend wie ein Pekinese, ungesund dick und mit Haarsträhnen im Gesicht und gewickelten Beinen.

Dann warte ich eben.

Sichtlich widerwillig öffnete sie mir die Tür. Sie arbeitete noch nicht lange bei meiner Mutter, und ich hatte von Anfang an den Eindruck, dass sie mir misstraute. Ihre Mutter ist viel zu gut für Sie, war einer ihrer Lieblingssprüche.

Ich hatte keine Ahnung, weshalb sie mir nicht vertraute. Vielleicht war es irgendetwas an meinem Aussehen. Mein Mund scheint anziehend, aber willenlos zu sein, und ich hänge gern möglichst faul in Sesseln herum. Auch erkundige ich mich immer zuerst, ob etwas zu trinken im Hause ist. Und meine Mutter war eine Frau mit Geld, und es ist bekannt, dass Kinder von Leuten mit Geld oft nichts taugen.

Hat sie nicht gesagt, wann sie zurückkommt?

Nee, hat sie nicht.

Vermutlich einkaufen gegangen, bemerkte ich, mehr

zu mir selbst als zu der Putzfrau. Sie bückte sich und legte mit einer wütenden Bewegung die Fußmatte, die ich beim Hereinkommen ein bisschen verschoben hatte, wieder richtig hin.

Kann ich Ihnen nicht sagen.

Grundlosen Bösartigkeiten muss man mit ausgesuchter Freundlichkeit begegnen.

Ein Glas Sherry, Mevrouw Witkop?

Ich bleib lieber gesund.

Sie haben recht. Whisky ist besser.

Für mich ist das Gesöff. Alles. Wie kriegen Sie das bloß runter so früh am Tag.

Kopfschüttelnd lief sie hinter mir her in die Küche, wo ich Eiswürfel aus dem Kühlschrank holte. Sie sah misstrauisch zu, wahrscheinlich um aufzupassen, dass ich nicht heimlich ein paar in meiner Hosentasche verschwinden ließ.

Phantastisches Wetter, finden Sie nicht, Mevrouw Witkop?

Sie verzog das Gesicht und zuckte mit den Schultern. Das bleibt nicht so, prophezeite sie.

Nun sehen Sie aber schwarz! Sie antwortete nicht.

Im Wohnzimmer suchte ich nach Spuren, die verrieten, wohin meine Mutter gegangen war. Doch ohne Erfolg, denn Mevrouw Witkop hatte hier bereits aufgeräumt. Ich setzte mich in einen Sessel und blätterte eine Monatszeitschrift für Antiquitätenhändler durch. Meine Mutter handelte mit Antiquitäten. Anfangs hatte sie nur gesammelt, aber nach und nach fing sie mit dem Handel an. Sie besuchte Versteigerungen, fuhr aufs Land und hielt sich häufig im Ausland auf. Ihr größter Stolz war eine Sammlung Operngläser, die sie in einem Glasschrank aufbewahrte, dahinter Opernprogramme aus früheren Jahrhunderten.

Ich stand auf und blickte nach draußen. Eine entsetzlich langweilige Gegend, auf den ersten Blick. Ich war zu weit oben, um die Gesichter der Menschen erkennen zu können. Ich öffnete den Glasschrank mit dem Schlüssel, den ich aus einer Vase auf dem Kaminsims fischte, und nahm ein Opernglas heraus. Ich ging mit dem Opernglas ans Fenster.

Was machen Sie da? (Mevrouw Witkop)

Ich gucke, Mevrouw Witkop.

Ihre Mutter will nicht, dass jemand diese Dinger anfasst.

Sehen Sie mal, Mevrouw Witkop, wie lustig; jetzt drehe ich es um, und dann sehe ich Sie ganz klein.

Sie schlurfte schnell zurück in ihre Küche. Ganz sicher glaubte sie an den Bösen Blick.

Jetzt konnte ich die Leute auf der Straße zwar von Nahem sehen, aber noch immer sagten ihre Gesichter nichts. Bis auf ein etwa neunjähriges Mädchen, das auf einem viel zu hohen Damenfahrrad vorbeiradelte. Sie stand auf den Pedalen, die sie nicht erreichte, wenn sie sich auf den Sattel gesetzt hätte. Sie biss sich auf die Unterlippe, und ich konnte ihre Vorderzähne sehen. Ihre Mundwinkel waren hochgezogen, sie runzelte die Augenbrauen und ähnelte einem kleinen Clown, der gegen seinen Willen lachen musste. Dann verschwand sie mit einem gefährlichen Schlenker um eine Straßenecke.

Ich stellte das Opernglas an seinen Platz zurück, legte den Schlüssel wieder in die Vase auf dem Kaminsims, wo er zwischen Gummibändern und Kassenzetteln versank. Auf der Toilette fiel mir auf, dass meine Mutter einen neuen Geburtstagskalender aufgehängt hatte. Einen mit vielen zartfarbigen Blumen. Soweit ich sehen konnte, waren darin alle Namen in ihrer energischen Druckschrift eingetragen. Alle, außer meinem (Donald).

Im letzten Kalender war ich sehr wohl eingetragen gewesen. Ich verstand das nicht und war schockiert und ein bisschen verunsichert. Ich zog meinen Stift heraus, um meinen Namen hinzuzufügen, aber irgendetwas hielt mich zurück, eigenartigerweise fehlte mir plötzlich der Mut, und ich steckte den Stift wieder ein.

Mevrouw Witkop, hat meine Mutter wirklich nichts gesagt?

Das sagte ich doch schon.

Sind Sie sicher?

Glauben Sie mir etwa nicht? Sie war nicht mal da, als ich heute Morgen kam.

Herrgott, gute Frau, sagen Sie das doch gleich!

Und denn auch noch fluchen.

Warum haben Sie das nicht gleich gesagt, Mevrouw Witkop? Ich habe doch wohl ein Recht darauf, solche Dinge zu erfahren.

Sie haben nicht danach gefragt.

War ihr Bett benutzt?

Nee.

Ich ging zurück zur Toilette und sah noch einmal auf den Kalender. Mein Name stand nicht drin.

Zu den kleinen Unannehmlichkeiten in meinem Leben gehörte, dass ich Schmerzen in den Füßen bekam, wenn ich ein paar Stunden auf den Beinen war. Meine Schuhe fingen dann an zu drücken. Ich hatte sie schon einmal eine Nummer größer gekauft, aber auch da quollen die Füße nach einiger Zeit geradezu heraus. Sobald meine Füße die Wärme der Schuhe spüren, schwellen sie an wie Knospen – und eines Tages, am wärmsten Tag, werden sie mit einem leichten, feuchten Knall aufplatzen.

Eine Zeit lang nahm ich, wohin ich auch ging, zusammenfaltbare Pantoffeln mit; bei Bekannten, im Kino, auf Vernissagen schlüpfte ich schnell hinein und seufzte vor Glück. Aber ich habe die Gewohnheit nicht durchgehalten. Oft vergaß ich, die Pantoffeln mitzunehmen, und außerdem war Marion, eine Freundin von mir, dagegen. Es war ihr peinlich. Und obwohl ich, wenn es um mein Wohlbefinden oder Nicht-Wohlbefinden und noch diverse andere Dinge geht, einen gesunden Egoismus besaß, gab ich diesmal in dem Punkt nach. Marion war sehr schön, und Schönheit muss belohnt werden. Übrigens waren alle meine Freundinnen sehr schön. Wer nicht schön war, wurde nicht meine Freundin.

Ich finde es so altmännerhaft, flüsterte Marion, während der schnauzbärtige, leicht beschwipste Redner, der die Ausstellung eröffnete, sich durch seinen Vorrat lobender Adjektive hindurcharbeitete und sie noch den Druck meiner Hand spürte, mit der ich mich gerade auf ihre Schulter gestützt hatte, um beim Wechseln des Schuhwerks nicht umzufallen.

Es ist gut für mein Image, flüsterte ich zurück, zog aber doch die Pantoffeln aus und zwängte das gequälte babyzarte Fußfleisch wieder in meine Schuhe.

Und während ich also dastand und Schmerzen litt und der Redner in einen verkehrten Nebensatz einbog, um sich darin hoffnungslos zu verirren, begriff ich, dass mein Verhältnis zu Marion die längste Zeit hinter sich hatte.

Aber ich sagte nichts, denn ich hatte immer Mühe damit, eine Frau aufzugeben, oder jedenfalls auszusprechen, dass ich sie aufgab. So kam es, dass ich jetzt, an meinem Geburtstag, noch immer mit Marion zusammen war, auch wenn wir uns viel weniger als früher sahen und ich mich gelegentlich auch mit einer anderen in der Stadt blicken ließ.

Mevrouw Witkop, entschuldigen Sie, dass ich Sie störe, aber hat meine Mutter nichts von meinem Geburtstag gesagt?

Ihr Geburtstag?

Ja, ich habe heute Geburtstag.

Aha, schön für Sie.

Hat sie nichts davon gesagt?

Wenn Sie nur nicht denken, dass ich ein Geschenk für Sie habe.

Nein, natürlich nicht. Natürlich denke ich das nicht. Aber hat meine Mutter nichts davon gesagt?

Wie sollte sie? Sie war doch gar nicht da.

Ja, aber beim letzten Mal, als Sie hier waren. Gestern oder vorgestern oder wann es war.

Dienstag werden Sie meinen. Ich arbeite hier dienstags und freitags.

Genau, ja. Dienstag. Hat sie da nichts gesagt?

Da hat sie nichts von gesagt.

Ich verstehe das nicht.

Wenn Sie noch mehr von diesem Zeugs trinken, na, müssen Sie selbst wissen, wenn Sie nur nicht denken, dass *ich* das Dreckszeugs nachher wegräume.

Ich kehrte ins Wohnzimmer zurück und stellte mich wieder ans Fenster. Ich hatte zu viel Eis in den Whisky getan; mit dem Finger katapultierte ich einen Eiswürfel aus dem Glas in einen Kaktustopf.

Ich begann mir Sorgen zu machen. Sollte etwas passiert sein? Und wenn ja, wem eigentlich? Meiner Mutter oder mir? Und was? Hatte ich mich im Datum meines eigenen Geburtstags geirrt? Unsinn. War ihr etwas passiert – ein Autounfall? Das kam mir unwahrscheinlich vor – doch so etwas glaubt man ja immer erst, wenn man es zu hören bekommt, und auch dann nicht gleich.

Hatte meine Mutter vielleicht meinen Geburtstag vergessen? Ein absurder Gedanke: Das wäre meines Wissens das erste Mal. Und dieses Wissen erstreckte sich über mein ganzes Leben, nur über meine Kleinkinderjahre nicht, aber es war höchst unwahrscheinlich, dass eine junge Mutter den Geburtstag ihres Kleinen vergessen sollte. Ein junger Vater, so gut wie unmöglich; eine junge Mutter, vollkommen ausgeschlossen.

Vertrug ein Kaktus eigentlich Eis? Aber es war schon zu spät – ein nasser Fleck Erde bezeichnete die Stelle, wo der Eiswürfel geschmolzen war. Nur einen Augenblick, und die Erde würde wieder trocken sein. Die Heizung war angestellt, und die Sonne schien herein.

Draußen hatte sich wenig verändert; nur eine Straßenbahn brachte etwas wie Leben ins Bild, aber sie verschwand aus dem Bild – um dieselbe Ecke wie vorher das Mädchen auf dem Fahrrad.

Ich blickte nach oben, bis ich über den Fernsehantennen nur noch den hellblauen Himmel sah. Als ich merkte, dass mir schwindelig wurde, blickte ich wieder nach unten, wo in dem Augenblick ein Leichenzug vorüberfuhr; der Leichenwagen, drei Autos mit geschlossenen Gardinen für die Hinterbliebenen und, dahinter und offensichtlich auch zum Konvoi gehörig, ein kleiner feuerroter Fiat.

Meine Mutter hatte ein Auto in derselben Farbe, aber einen Simca und viel größer. Dennoch dachte ich einen Augenblick lang, es sei meine Mutter, die dort fuhr. Meine Beine zitterten, ich konnte nicht länger nach draußen schauen und musste mich setzen.

Ich starrte meine Fingerspitzen an. Seit ein paar Monaten kaute ich an meinen Nägeln (eine weitere kleine Unannehmlichkeit). Eine scheußliche Angewohnheit – nicht mit anzusehen: ein Mann, der sich konzentriert und augenbrauenrunzelnd Teile seines Körpers herunterreißt. Ein Kind in einem Schrank. Augenblicke des Nichts-Sehens, Nichts-Hörens, nur das wollüstige Gefühl, wenn sich wieder ein Stück Nagel löste. Ein Schleier vor den Augen, Beine hatte ich nicht mehr. Gleich würde ich hochgehoben und auf einen Kinderstuhl an den Tisch gesetzt werden, bekäme einen Löffel gegen die Lippen gedrückt, bis sich mein Mund öffnete und ich runterschluckte.

Doch gewohnte Bewegungen brachten mich zurück: kurz in die Wange kneifen, mit dem Finger an dem einen Nasenloch entlangstreichen, mit den Zehen die Schuhe ausbeulen. Eine Zigarette.

Wie absurd und unbegreiflich es auch sein mochte, meine Mutter hatte meinen Geburtstag vergessen; etwas anderes fiel mir nicht ein. Zum ersten Mal. Oder hatte sie nie daran gedacht? Schließlich besuchte ich *sie* immer. Vielleicht begriff sie erst in dem Moment, wenn ich hereinkam: O Gott, ja, Donald hat heute Geburtstag. Schnell nach einem antiken Gegenstand greifen, im Hinterzimmer in Seidenpapier einwickeln und mir als Geschenk überreichen.

Nein, das war denn doch zu verrückt. Ich hatte auch oft neue Sachen von ihr bekommen, direkt aus dem Laden, so neu, dass man sie kaum zu berühren wagte vor lauter Angst, schon gleich den Verfall in Gang zu setzen. Voriges Jahr diese Armbanduhr, ein Beispiel der hohen Schule der Uhrmacherkunst, mit den Phasen des Mondes, den Auf- und Untergangszeiten der Sonne, dem genauen Tag und dem genauen Monat und dem genauen Jahr, der genauen Minute und der genauen Sekunde. Es war zu viel, zu schlimm, das ganze Räderwerk der Zeit an meinem Handgelenk, ich wagte nicht, sie zu tragen. Die Uhr lag noch immer in ihrer Schachtel bei mir zu Hause, wo sie nun schon sehr lange (von dem Moment an, wo sie stehen geblieben war) mit rührender Halsstarrigkeit die Zeit an den falschen Augenblick zurückversetzte.

Aber, überlegte ich auf einmal mit Schrecken, die Tatsache, dass sie mir diese neuen Sachen geschenkt hatte, brauchte keineswegs zu beweisen, dass meine Mutter schon vor dem Augenblick, an dem ich hereinkam, an meinen Geburtstag gedacht hatte. Denn sie besaß einen Geschenkschrank. Sie kaufte das ganze Jahr über Sachen, die ihr ins Auge fielen; nach Hause gekommen, legte sie sie dann in den Schrank, bis sie wieder herausgeholt wurden, um verschenkt zu werden. Für andere – hatte ich immer gedacht, aber jetzt begann ich zu zweifeln.

Was sitzen Sie denn da?

Mensch, Witkop, Sie erschrecken mich zu Tode! Ich sitze!

Na, na, komm, komm, nun komm' Se mal!

In meiner Aufregung warf ich das Glas um, mit dem letzten Schluck Whisky darin. Natürlich zerbrach es.

Mevrouw Witkop stand schon neben mir, zauberte einen Lappen aus dem Ärmel, wischte den nassen Fleck vom Tisch, griff in die Luft und hielt *presto prestissimo* Handfeger und Schaufel in ihren krummen roten Händen, fegte die Scherben auf die Schaufel und verschwand dann, vor sich hin murmelnd, in der Küche, wo ich einen Augenblick später hörte, wie der Deckel des Mülleimers zuklappte.

Ich ging in die Küche.

Es tut mir leid, Mevrouw Witkop, ich war nicht ganz bei mir.

Bockig schweigend, blieb sie mit dem Rücken zu mir stehen, während sie den Lappen ausspülte und auswrang.

Kann ich Ihnen irgendwie helfen, Mevrouw Witkop?

Ja, mir nicht vor die Füße laufen.

Jetzt, da meine Mutter nicht zu Hause war, hatte ich hier weiter nichts zu suchen, aber ich konnte wohl kaum weggehen. Vielleicht kam sie ja gleich, und dann wäre es schade – nein, unerträglich –, wenn ich gerade weggegangen war.

Unruhig lief ich im Zimmer auf und ab, ich musste etwas tun, aber ich wusste nicht, was. Ich merkte, wie nervös und linkisch ich war, wie ein Polizist, der seinen ersten großen Fall vor sich hat, nicht weiß, wie er den anpacken soll, und von großer Einsamkeit erfüllt ist. Wenn ich doch bloß kein Einzelkind wäre, dann könnten wir jetzt einen Familienrat halten.

Ich nahm das Telefonbuch und suchte die Nummer der besten Freundin meiner Mutter heraus.

Praxis Dr. Manhuizen.

Darf ich Frau Doktor bitte kurz sprechen?

Augenblick.

Dr. Manhuizen.

Hier ist Donald.

Donald?

Donald Bergner.

Oh, Donald! Ja?

Tja, eigentlich eine verrückte Frage. Ich suche nämlich meine Mutter. Sie ist nicht zu Hause, und ich weiß nicht, wo sie ist. Haben Sie eine Ahnung? Ich meine, haben Sie sie in der letzten Zeit gesehen?

Nein, schon ein paar Wochen nicht. Aber sie ist ja viel unterwegs, da brauchst du dir doch keine Sorgen zu machen.

Nein, stimmt, natürlich. Ich, eh, tut mir leid, dass ich Sie gestört habe.

Ach was, das macht nichts, tschüs, Donald. Grüß deine Mutter, wenn du sie siehst.

Die Freundinnen meiner Mutter reden immer in einem Ton mit mir, wie man mit kleinen Jungen spricht. Für sie war ich nicht Donald Bergner, sondern Lizas Sohn.

Sie haben Ihren Hut vergessen, rief Mevrouw Witkop, ich will den Staubfänger hier nicht im Haus haben.

Ich nahm das kecke grüne Herrenhütchen, das sie mir hinterherbrachte, und besah seine Innenseite. Kein Name, dafür aber ein englisches Markenschild. Dann drückte ich Frau Witkop das Ding wieder in die unwilligen Hände.

Was soll ich mit dem Plunder, sagte sie giftig.

Dorthin zurücklegen, wo Sie ihn gefunden haben, sagte ich, das ist nicht mein Hut, ich besitze nicht mal einen Hut. Ist Ihnen das noch nicht aufgefallen, wenn ich komme? Sie müssen die Augen mal aufmachen, das würde Ihnen sowieso guttun.

Da hab ich auch grade Zeit zu. Mevrouw Witkop hatte das letzte Wort, während ich die Tür hinter mir zuschlug.

Als ich klein war, hat man mir in Kleidergeschäften mit ihrem unverkennbaren Geruch englische Schirmmützen gekauft, denn die waren damals für kleine Jungen aus bestimmten Kreisen in Mode. Meine Mutter hatte noch ein Foto aus der Zeit. Da stehe ich in einem Park am Rande eines Teichs, ein Seil in der Hand und solch eine Schirmmütze auf dem Kopf. Ich trage Knickerbocker und einen dunkelgrauen Blazer. Ich blicke genau in die Kamera und lächle verlegen, meine Mutter, die neben mir am Rande des Teichs hockt, betrachtet angelegentlich die Entengrütze.

Was für blondes Haar ich damals hatte! Meine Mutter auch, aber ihres war gefärbt.

An dem Seil war damals ein Segelboot befestigt gewesen, aber das hatte der Fotograf achtlos aus dem Bild heraussegeln lassen. Nie mehr würde ich das kleine Boot sehen; es war aus der Welt gefallen. Und mit diesem Stück Seil konnte ich jetzt kaum noch etwas anfangen.

Schwierigkeiten, flüsterte Plasky, während er sich einen gepflegten Finger auf die Lippen legte. Seine braunen Augen blickten mich verzweifelt an. Ein erschrecktes Tier, das den Ausgang seiner Höhle nicht mehr finden kann; Plaskys Schädel war beinahe kahl, aber das machte er wieder wett durch den üppigen Wuchs seines Backenbarts, der über beide Wangen bis zu den Mundwinkeln verlief.

Was ist los?, fragte ich.

Die Mädels sind da und der Fotograf, sagte Plasky und blickte sich dabei vorsichtig um, aber für ganz nackt verlangen sie von ihm hundert Gulden mehr.

Das ist doch verrückt.

Ja, das erklär denen mal. Das Poster kostet sowieso schon mehr, als die ganze Ausstellung uns einbringen wird.

Im Ausstellungsraum saßen fünf Mädchen, die mürrisch vor sich hin starrten. Der Maler, der zu Ehren seiner bevorstehenden Ausstellung auf einem Poster, umringt von fünf nackten Mädchen, posieren wollte, saß mit dem Fotografen auf der Fensterbank. Sie tranken Bier.

Tag, die Damen, grüßte ich. Die Mädchen blickten mich gelangweilt an und nickten kaum.

Hör dir das an, Donald, sagte der Maler, der zu dieser Gelegenheit ein rotes Jäckchen angezogen hatte, sie wollen fünf Hunderter extra für ganz nackt. Das ist Holland, Junge. In New York musst du sie extra bezahlen, wenn du willst, dass sie ihre Kleider anbehalten, überleg mal. Überhaupt würden sie noch dazubezahlen, um mit mir aufs Foto zu dürfen. Was für ein miefiges Land ist das hier bloß.

Wir müssen allmählich anfangen, sagte der Fotograf, das Warten kostet auch Geld.

Müssen sie ganz nackt sein?, fragte ich. Ein bisschen nackt geht doch auch. Das ist viel suggestiver.

Genau, was ich dachte. Plasky nickte eifrig. Völlig nackt, das ist schon wieder vorbei. Das hat man inzwischen über. Sogar in der Werbung arbeiten sie nun mit nackt. Die echte Avantgarde geht wieder völlig zurück zu bekleidet, *mark my words.* Wenn *Panorama* von nackt überquillt, haben sie in *Evergreen* schon längst wieder Wintermäntel an.

Die fünfhundert Gulden bezahlen wir nicht, sagte ich. Und ansonsten seht selbst zu. Ich habe heute Geburtstag und kümmere mich um gar nichts. Niemand gratulierte mir.

Ich habe Geburtstag, wiederholte ich, aber genau in

dem Augenblick sagte Plasky auch schon: Wir werden einen Kompromiss zwischen nackt und bekleidet finden müssen. Gemäßigt avantgardistisch, das war immer unsere Devise.

An meinem Geburtstag hatte es nie ein ausgelassenes Fest gegeben, schon früher nicht. Meine besten Freunde waren immer genau an dem Tag krank, oder wir waren gerade umgezogen, sodass ich noch keine besten Freunde hatte, oder mein Geburtstag fiel in die Pfingstferien, so dass keiner da war. Nur meine Mutter war immer da, und auch die hatte sich jetzt heimlich davongemacht.

Natürlich hatte ich gelegentlich auch einen Geburtstag gefeiert, an dem alles verlief, wie es im Buche steht. Viele Kinder, die von ihrem Vater oder ihrer Mutter abgeliefert wurden, Luftballons, Papphütchen, eine Torte mit Kerzen, Spiele, Verwandte, aber wenn das Fest erst einmal richtig im Gange war, entzog ich mich dem Ganzen. Dann merkte ich: Eigentlich fiel es nur meiner Mutter auf, dass ich nicht mehr dabei war. Die anderen kamen zum Fest, nicht zu mir. Das begriff ich zwar, konnte es aber lange Zeit nicht recht verwinden. Jedenfalls, als ich älter wurde, war mir die Gewohnheit geblieben, niemals eine Party an meinem Geburtstag zu geben, wie so viele meiner Bekannten.

Allerdings, zu den Partys meiner Bekannten pflegte ich immer zu gehen. Das waren gute Gelegenheiten, meine neueste Freundin vorzuführen. Auch hier fiel mir auf, dass alle zum Fest kamen und nicht zu dem, der Geburtstag hatte. Manche machten sich nicht einmal die Mühe, ein Geschenk mitzubringen, andere wussten nicht, dass jemand Geburtstag hatte.

Natürlich hat ein Geburtstag keinerlei Bedeutung, außer vielleicht für die Eltern und bis zu einem gewissen Grade für einen selbst. Ein Geburtstag erinnert einen daran, dass man geboren ist und dass man sterben wird.

Der letzte Geburtstag, den ich gefeiert hatte, war der von Marion. Es war – auf mein Bitten – nur ein kleines Fest gewesen. Ihre Freundin Emmie war da, mit der sie sich eine Hochhauswohnung in Buitenveldert teilte, und ich und ein paar Bekannte, wie Plasky. Marion hatte eine große Party geben wollen, aber das hatte ich ihr ausreden können.

Du weißt, wie das geht, sagte ich, die Hälfte der Gäste wird sich betrinken, du kriegst Ärger mit den Nachbarn, und es kommen alle möglichen Leute, die du gar nicht eingeladen hast, die es aber auf Umwegen erfahren haben, dass da eine Party läuft, professionelle Partylöwen, richtige Arschlöcher, die nichts anderes wollen, als so schnell wie möglich alles wegzusaufen und sich dann davonzumachen, und auch noch herummäkeln. Ein Geschenk haben sie auch nie, es sei denn, ein paar Blumen, die sie im letzten Augenblick unten aus dem Park geklaut haben.

Nach meinem Besuch in der Galerie ging ich zum Lunch in ein gutes Restaurant um die Ecke. Ich rief Marion an, aber da meldete sich niemand, und in der Wohnung meiner Mutter ging auch keiner ans Telefon. Mevrouw Witkop war natürlich schon nach Hause gegangen. Ich kaufte die neue Ausgabe von *Vrij Nederland* und las sie während des Essens, trotz der leicht tadelnden Blicke des mich bedienenden Obers.

Nach dem Lunch wusste ich nicht recht, was ich tun sollte. Mir war ein wenig schwindlig vom Wein, und ich erwog schon, nach Hause zu fahren, als ich auf die Idee kam, ins Kino zu gehen. Aber es lief kein einziger Film, der mich reizte. Schließlich landete ich im *Cineac* bei den neuesten Nachrichten und einem Dokumentarfilm über Südafrika und einem Woody Woodpecker-Festival. Erst draußen, als ich in der Gasse neben dem Kino die leeren fettigen Pommestüten sah, erinnerte ich mich daran, wie ich noch ein kleiner Junge war und wir bei Geburtstagen manchmal alle zusammen ins *Cineac* eingeladen wurden. Wir sahen uns Zeichentrickfilme an oder Dick und Doof oder Charly Chaplin, und während des üblichen Dokumentarfilms lärmten wir herum, denn der dauerte immer zehn Minuten zu lange. Hinterher bekamen wir eine Tüte Pommes. Einige Kinder hatten noch ihre Pappmütze auf, meine hatte ich längst verloren.

Ich kaufte zwei Flaschen Champagner, stieg in mein Auto und fuhr nach Buitenveldert.

Im sechsten Stock verließ ich den Lift und drückte auf die Klingel von Marions und Emmies Wohnung. Emmie öffnete, und für einen Augenblick schien es, als wollte sie mich nicht hereinlassen.

Ich drückte ihr die Flaschen Champagner in die Hand und sagte: Hier, stell sie schnell in den Kühlschrank.

Tsss, Champagner…, sagte Emmie, ist was Besonderes?

Ich habe Geburtstag.

Herzlichen Glückwunsch.

Die Erste, die mir heute gratulierte!

Danke, sagte ich und akzeptierte die Küsse auf beide Wangen.

Marion war nicht im Wohnzimmer, und ich wollte gerade fragen, wo sie sei, als ich ihr Kleid und ihre Unterwäsche auf einem Stuhl liegen sah.

Liegt Marion noch im Bett?, fragte ich Emmie, die auch ins Wohnzimmer gekommen war.

Ja … eh, ja.

Ist etwas mit ihr?

Nein, eh … nein.

Ich wollte in Marions Schlafzimmer gehen, aber Emmie hielt mich zurück. Sie hatte jetzt einen knallroten Kopf.

Was ist los?, fragte ich. Ist sie krank oder was?

Sie schläft, sagte Emmie, während sie mich langsam wieder ins Wohnzimmer zurückschob.

Dann weck sie auf, sagte ich, oder warte, ich werde ihr ein Glas Champagner bringen. Aufwachen mit Champagner ist das Schönste, was es gibt.

Emmie kicherte plötzlich.

Dann nimm aber zwei Gläser mit, sagte sie, doch als sie mein Gesicht sah, hörte sie auf zu lachen.

Entschuldige, sagte sie, aber es ist auch eine so idiotische Situation. Wie ein Stück von Feydeau.

Mit zitternden Knien lief ich ans Fenster und blickte nach draußen, ohne etwas zu sehen.

Entschuldige, sagte Emmie wieder.

Ist es jemand, den ich kenne?, fragte ich.

Ich weiß es nicht, sie kamen sehr spät nach Hause heute Nacht. Ich habe nicht gesehen, wer es war.

Liegen sie schon die ganze Zeit im Bett?

Emmie nickte. Um mich in den Griff zu bekommen, ging ich zum Telefon und wählte die Nummer der Galerie.

Naissance, hörte ich Plaskys Stimme.

Wie ist es ausgegangen?, fragte ich, während ich meiner Stimme unter Aufbietung all meiner Kräfte nichts anmerken ließ. Das Eigenartige war, dass ich mich gleichzeitig betrogen und befreit fühlte.

Ausgegangen? Sie sind noch zugange. Es ist ein heilloses Durcheinander hier. Zwei Flaschen Genever und eine Kiste Bier sind schon leer, aber du kriegst sie mit aller Gewalt nicht aus den Kleidern … Ach, und sei mir nicht böse, dass ich dir vorhin nicht zum Geburtstag gratuliert habe, aber mir schwirrte der Kopf, und du warst so schnell weg. Feierst du noch ein bisschen?

Nein.

Ich legte auf und setzte mich hin.

Ich gehe gleich, sagte ich zu Emmie, nur einen Augenblick sitzen.

Ja, sagte sie, es ist scheußlich für dich, aber jetzt weißt du es wenigstens.

Wie lange läuft das schon?

Ein paar Tage.

Und trotzdem weißt du nicht, wer es ist?

Nein. Ich kriege ihn nie zu sehen, denn sie liegen … eh … na ja, sie liegen immer im Bett. Sie stehen auf, wenn ich weg bin.

Was soll ich jetzt machen, sprach ich meine Gedanken laut aus. Mein Gott, was für ein Geburtstag.

Ich würde lieber weggehen, sagte Emmie, du hast doch sicher Freunde, zu denen du kannst?

Ja, natürlich. Ich nickte, aber mir fiel kein Einziger ein.

Na also, dann geh doch da hin.

Ich will erst mit ihr reden, sagte ich. Rufst du sie bitte? Und sag, dass sie kommen soll, auch wenn er bis zum Bauch in ihr steckt.

Ich hab dich so selten gesehen. Ich war einsam. Ich dachte, es ist sowieso vorbei zwischen uns. Ich will nicht, dass du irgendwas über Hans sagst. Ja, er heißt Hans. Süß und sexy, ja, wenn du's wissen willst. Viel mehr als du. Hans ist ein Mann, kein verwöhntes Muttersöhnchen. Entschuldige, so war das nicht gemeint. Aber du hattest nie Zeit für mich. Du hast mich immer so abgefertigt. Viel zu tun? Du? Womit? Damit, Bildchen aufzuhängen? Geld für dich selbst auszugeben? Du hättest es natürlich lieber gehabt, dass ich hier in Buitenveldert sitze und Trübsal blase. Wenn es an dir läge, würde ich keinen Menschen sehen, es sei denn unter deiner Bewachung. Du weißt nicht, was eine Frau ist. Du weißt nicht, was eine Frau braucht. Vielleicht ist es meine Schuld. Vielleicht bin ich nicht die richtige Frau für dich. Das alles ist mir auch völlig egal. Hans gibt mir nicht das Gefühl, dass ich versage. Hans gibt mir das Gefühl, dass ich etwas wert bin. Hans braucht mich nicht, um seine eigene Eitelkeit zu streicheln. Entschuldige, ich werde nicht mehr von ihm reden. Ich will dir nicht wehtun. Wenn du nur wüsstest, wie oft du mir wehgetan hast. Mit deinem Egoismus.

Du bist ein wahnsinniger Egoist. Das wissen alle. Die Leute kommen nicht einmal mehr zu dir. Du musst selbst zu den Leuten gehen. Weißt du, wie du dich aufführst? Typisch Junggeselle. Einer, der allein in seinem Haus vor sich hin wurstelt. Einer, der keine Menschen mehr in seiner Nähe erträgt. Weil er Angst hat, dass er anderen etwas von sich preisgeben muss. Weil er Angst hat, dass er nicht alles selber behalten kann. So einer, der die irrwitzigsten Dinge von anderen verlangt. Aber sich selber schont. Aber sich selber in Watte packt. Aber nur sich selber liebt. Du liebst mich überhaupt nicht. Das redest du dir ein. Weißt du, warum du mich jetzt auf einmal liebst? Weil du es nicht erträgst, dass ich dich durchschaut habe. Weil du es nicht erträgst, dass ich dich fallen lasse anstatt du mich. Du lässt Frauen doch immer fallen, oder? Darauf bist du doch so stolz, oder? Du kommst doch immer ungeschoren davon, oder? Du willst doch nie das Opfer sein, oder? Du bestimmst doch immer, wann eine Beziehung zu Ende ist, oder? Nun, dieses Mal nicht. Dieses Mal mache ich Schluss. Ich bin keine von den Heulsusen, die alles mit sich machen lassen. Scheißgefühl, was? Kannst richtig Mitleid mit dir selbst kriegen, was? Die Welt bebt in ihren Grundfesten, was? Halt du dich da heraus, Emmie. Das ist was zwischen Donald und mir, Emmie. Geburtstag? Sein Geburtstag? Bitte, das ist dann mein Geschenk. Was schert es mich, ob du Geburtstag hast? Hat es dich geschert, ob ich Geburtstag hatte? Party! Nennst du das eine Party? Du hast alles dazu getan, dass es keine Party wurde. Ich wollte alle Welt einladen. Es war mir egal, wen. Alle. Ich wollte einfach eine große

Party. Weil ich Geburtstag hatte. Aber das hast du kaputtgeredet. Eine schöne Party. Dieser Trottel von Plasky und ein paar verkrachte Maler. Party nennst du das? Da kam für mich der große Frust. Weißt du das eigentlich? Da wurde mir klar, wer da vor mir stand. Ein feiger Egoist. Und nun dieses große Gejammer über den eigenen Geburtstag. Herzlichen Glückwunsch.

Als ich nach Hause kam, fand ich eine Benachrichtigung von der Post im Briefkasten, der Telegrammbote war an der Tür gewesen. Ich ging in die Küche und strich mir ein Butterbrot, doch als ich das getan hatte, ließ ich es auf der Anrichte liegen, ohne es angerührt zu haben, weil ich plötzlich keinen Appetit mehr hatte.

Ich öffnete eine Flasche Bier, ging damit auf den Balkon und stellte mich in der klassischen Balkonhaltung hin, vornübergebeugt, die Ellbogen auf das Balkongitter gestützt. Ich nahm einen Schluck Bier, aber auch das schmeckte nicht mehr.

Der Balkon lag an der Rückseite des Hauses, mit Blick auf die heruntergekommenen Rückwände der anderen Häuser und auf Gärten oder das, was einst Gärten gewesen waren. Früher waren hier nur Gärten gewesen, Gärten und Wasser, danach Wiese und danach erschlossenes Bauland.

Der Garten unter dem Balkon war voller Holzwolle, Fetzen von Packpapier und Resten von Kartons. Er gehörte zu einem Atelier, in dem Kinderkleidung angefertigt wurde. Auf den Packpapierfetzen glänzte hier und da noch Regenwasser von der vergangenen Nacht. In einem

Haus gegenüber gab es eine Schule für Radiotechniker. Und in dem Garten, der zu einem Teil als wellblechüberdachter Fahrradständer genutzt wurde, lag eine dicke Schicht Kieselsteine, die jeden Grashalm im Keim erstickten.

Ein anderer Garten wurde völlig von dem Erweiterungsbau einer Tischlerei verschluckt. Unter den Mattglasfenstern des Dachs bewegten sich tagsüber dunkle Schatten, deren Umrisse nicht genau erkennbar waren, Flecke, die sich bizarr bewegten, plötzlich verschwanden und ebenso überraschend an einer anderen Stelle wieder auftauchten.

Als es dämmerte und ich die Flasche Bier schließlich doch ausgetrunken hatte, ging ich nach drinnen. Ich rief bei der Post an. Das Telegramm kam aus London und lautete: *Surprise got married today letter follows happy birthday mother.*

Der Hut, dachte ich. Und: Hätte sie sich nicht einen anderen Tag aussuchen können? Und: Habe ich jemals irgendwem Böses getan? Und: Weshalb stand meine Name nicht im Geburtstagskalender? Fand sie es einfach selbstverständlich? Und warum hat sie mir nichts davon erzählt? Warum halten mich alle aus ihrem Leben heraus? Oder halte ich mich aus dem Leben aller anderen heraus?

Ich schaltete den Fernseher ein, sah mir ein Kinderprogramm an, die Werbung, die Nachrichten. Dann folgte eine Comedy-Sendung, aber dem einsamen Junggesellen konnte sie kein Lächeln entlocken. Da klingelte es.

Du hast deinen Champagner vergessen, sagte Emmie, ich dachte, ich bringe ihn dir eben.

Willst du reinkommen?

Gut, für einen Augenblick.

Denk dran, sagte ich, auf eigenes Risiko. Du hast gehört, wie ich bin.

Ach, mach dir nichts draus. Marion hat das nicht so gemeint. Es tut ihr schon wieder leid.

Doch, sie meinte es so, und sie hat recht.

Ich öffnete eine Flasche.

Also dann, prost, sagte Emmie, auf deinen Geburtstag.

Und auf die Hochzeit meiner Mutter, wollte ich hinzufügen, doch ich bekam die Worte nicht über die Lippen. Stattdessen sagte ich: Ich weiß nicht, ob du mit der Vorstellung hergekommen bist, gefickt zu werden, Emmie, aber das ist heute Abend nicht drin. Lass dir deine Möse von jemand anderem vollstopfen.

Wenige Sekunden später war ich wieder allein.

Ich wachte vom Rauschen des Fernsehers auf. Ich sah auf die Uhr. Noch vierzig Minuten, dann hatte ich meinen Geburtstag hinter mir. Ich starrte auf den Wirrwarr flackernder weißer Pünktchen auf dem Bildschirm, und ich hatte das Gefühl, als wäre ich nie geboren und würde niemals sterben, als hätte ich immer so gelebt und würde immer so weiterleben.

Zu Fuß nach Paris

Eigenartige Ideen können Menschen manchmal haben. Nehmen wir beispielsweise den Mann, der zu Fuß nach Paris gehen wollte. Seit Jahren träumte er davon, wie er eines schönen Morgens nach einem kräftigen Frühstück die Tür seines Hauses hinter sich schließen und die Straße entlang Richtung Paris laufen würde. Es müsste an einem schönen Frühlingstag geschehen, einem Tag mit Sonne und Wind und ein paar unordentlichen weißen Wolken am Himmel. Für die anderen Leute, die zur selben Zeit auf der Straße gingen, wäre er jemand, der auf dem Weg zur Arbeit war, der eine Besorgung oder einfach einen Gang um den Block machte. Sie würden an nichts erkennen können, dass hier ein Mann lief, der gerade eine Fußreise nach Paris begonnen hatte.

War er denn noch nie in Paris gewesen? Ja sicher, viele Male sogar. Beim ersten Mal war er noch jung und arm gewesen. Per Anhalter hatte er drei Tage gebraucht, um die fünfhundert Kilometer, die seine Heimatstadt von der Lichtstadt trennten, zurückzulegen. Vor allem in Belgien war es schwierig gewesen, jemanden zu finden, der einen mitnahm. Als der Mann endlich in Paris ankam, in einem Lastwagen, hoch oben neben dem Fahrer, war er fest eingeschlafen, sodass er seine Ankunft in der Stadt, von der er sich so viel versprochen hatte, nicht bewusst erlebte.

Später, als er nicht mehr arm war, nahm er die Bahn, oder er fuhr mit dem Auto. Auch für das Flugzeug hatte er sich ein paar Mal entschieden: das erste Mal, als er an einer Konferenz teilnahm – zu Konferenzen flog man, das war allgemein bekannt. Obwohl der Mann die Stadt also im Laufe der Zeit gut kennengelernt hatte, fehlte ihm etwas, jedes Mal, wenn er sich dort aufhielt. Ihm fehlte das Gefühl, dass es seine Stadt war, und nicht nur, weil er nicht dort lebte. Er musste die Stadt erobern, sie zu der seinen machen, und das, so dachte der Mann, erreichte man einzig und allein, indem man wirkliche Anstrengungen auf sich nahm, um dorthin zu gelangen. Bisher war alles viel zu einfach gewesen, und daher kam es, dass das Besondere der Stadt sich ihm immer wieder entzog. Die erste Reise per Anhalter wäre eigentlich die Chance gewesen, sich die Stadt zu unterwerfen – wenn er nur nicht den *Moment suprême* seiner Ankunft verschlafen hätte.

So war der Plan in ihm gewachsen, zu Fuß nach Paris zu gehen. Schritt für Schritt würde er sich der Stadt nähern. Er sah sich durch Holland laufen, durch Brabant, Flandern, Wallonien, durch die Departements Aisne, Oise, Seine-et-Marne und zum Schluss Seine-Saint-Denis, von wo aus er in der Ferne die Kuppel von Sacré-

Cœur und die Spitze des Eiffelturms in der Sonne aufglänzen sähe. Dann würde er die Stadtgrenze überschreiten und gelassen und unaufhaltsam in das Geheimnis von Paris eindringen.

Da der Mann nicht mehr blutjung war, hielt er es für besser, die Fußreise in einem gemäßigten Tempo zurückzulegen. Keine langen Tagesmärsche, keine *Abnutzungsschlachten;* letzten Endes brauchte er niemandem etwas zu beweisen. Unter Berücksichtigung unerwarteter Aufenthalte, leichter Grippeanfälle, eines Tages, an dem er keine Lust hatte, nahm er sich einen Monat für seine Wanderung vor.

Der Mann sah ein, dass er nicht plötzlich eines schönen Tages verschwinden konnte, und beschloss, einige Menschen, die ihm nahestanden, über sein Vorhaben zu informieren. Als Erstes seinen besten Freund, denn manche Dinge erzählt man zuerst seinem besten Freund.

Sein bester Freund reagierte wenig begeistert.

»Paris?«, sagte er nicht ohne Geringschätzung. »Wer geht denn heute noch nach Paris? Tokio, New York, Sankt Petersburg notfalls, aber Paris ...«

Sein bester Freund war sehr modern, ein wacher Geist. Und zu Fuß zu gehen erschien ihm vollends lächerlich.

»Als wäre das Auto für nichts und wieder nichts erfunden!«, rief er aus. »Wer geht denn heute noch zu Fuß, außer verrückten Vegetariern in Trainingshosen? Bist du vielleicht heimlich Mitglied irgendeiner sonderbaren Sekte geworden?«

»Es ist ein Traum, der Wirklichkeit werden soll«, sagte der Mann.

»Träume müssen Träume bleiben«, sagte sein bester Freund, der, außer dass er furchtbar modern, auch furchtbar definitiv in seinem Urteil war. »Sonst kriegst du nur Scherereien.«

»Findest du es nun wirklich so eigenartig, dass ich das will?«, fragte der Mann.

»Ja, es dient keinem Zweck«, sagte sein bester Freund in einem Ton, bei dem der Mann sich fragte, warum sein bester Freund eigentlich sein bester Freund war. »Aber schön, ich kann dich nicht zurückhalten. Ruf mich an, solltest du jemals in Paris ankommen, was ich bezweifle, dann nehme ich das Flugzeug und komme zu dir. Dann hauen wir zusammen auf die Pauke.«

Ich habe es falsch erklärt, dachte der Mann. Er hoffte, dass seine Frau mehr Verständnis zeigen würde.

Seine Frau war eine Weile still, nachdem er ihr von seiner Idee erzählt hatte. »Willst du das wirklich? So jung bist du nicht mehr«, sagte sie besorgt.

»Ich nehme mir einen Monat Zeit dafür«, sagte der Mann ärgerlich. »Wenn das schlecht für meine Gesundheit sein soll, kann ich mich ja gleich auf den Friedhof legen.«

»Meistens sitzt du im Auto«, sagte seine Frau. »Wann gehst du überhaupt mal zu Fuß?«

»Neulich noch«, sagte der Mann. »Da haben wir diesen Waldspaziergang gemacht.«

»Das ist drei Wochen her«, sagte seine Frau. »Und nach einer halben Stunde fingst du schon an, über deine Füße zu jammern.«

»Weil ich die falschen Schuhe anhatte«, sagte der Mann. »Ich hatte meine Wanderschuhe nicht an.«

»Du besitzt nicht mal welche«, sagte seine Frau.

Beide starrten eine Weile wütend vor sich hin. Der Mann steckte sich eine Zigarette an.

»Ja, rauch du nur ordentlich«, sagte seine Frau. »Auf die Art schaffst du es bestimmt bis Paris. Paff man schön weiter.«

Der Mann inhalierte tief und verbissen.

»Wenn du es trotzdem tust, schließlich kenne ich dich, kannst du es dann nicht für einen guten Zweck tun? Für Wale oder gegen sauren Regen?«

»Und dann vielleicht noch mit dem Schild eines Sponsors um den Hals und überall Interviews in Lokalzeitungen. Ich denk nicht dran«, sagte der Mann.

»Nun, dann tu, was du nicht lassen kannst«, sagte seine Frau. »Denk nur nicht, dass ich hier still sitzen bleibe und auf dich warte, während du in Paris auf die Pauke haust.«

»Ich hau in Paris nicht auf die Pauke«, sagte der Mann. »Darum geht es überhaupt nicht.«

»Ach, nein?«, sagte seine Frau.

Der Mann lief wütend aus dem Haus und ging zu seiner Freundin.

»Was für ein traumhafter Plan!«, rief die Freundin aus. Siehst du wohl, dachte der Mann, ich habe mich nicht getäuscht. Es ist kein Zufall, dass sie meine Freundin ist.

»Ich dachte mir, dass du es schön finden würdest«, sagte der Mann.

»Ich mag einen Kerl mit Initiative«, sagte seine Freundin. »Nicht so einen Softie, der in der täglichen Tretmühle gefangen ist.«

Der Mann strahlte vor Freude. Wie richtig ihn seine Freundin beschreiben konnte!

»Du musst tun, was dein Herz dir eingibt«, fuhr seine Freundin fort. »Das finde ich so toll an dir. Eigentlich bin ich genauso.«

Der Mann nickte und gab ihr einen Kuss.

»Ich habe auf einmal eine unheimlich gute Idee«, sagte seine Freundin und blickte ihn strahlend an. »Ich komme mit! Dann sind wir endlich einmal eine ganze Zeit hintereinander allein zu zweit. Das willst du doch auch immer so gern, oder? Und dann schlafen wir jede Nacht in einem anderen Hotel. Traumhaft! Was für Schuhe soll ich anziehen?«

Allein zu zweit, dachte der Mann, wie kann man zu zweit allein sein? Es war ihm nie darum gegangen, seine Fußreise nach Paris gemeinsam mit jemand anderem zu machen. Der Sinn seines Vorhabens war ja gerade, dass er es allein anfangen und allein beenden würde. Es gibt Träume, die man nicht mit anderen teilen kann.

»Nein«, sagte er. »Das geht nicht. Du kannst nicht mitkommen.«

Die Miene seiner Freundin verdüsterte sich.

»Warum nicht?«, fragte sie.

»Das ist etwas, was ich allein tun muss«, sagte der Mann.

»Siehst du wohl, du machst dir gar nichts aus mir«, sagte seine Freundin. »Ich bin nur zu deinem Vergnügen da.«

»Versteh mich bitte«, sagte der Mann. »Denk an einen einsamen Weltumsegler. So jemand nimmt auch nicht seine Freundin mit.«

»Ja, und das sind auch alles schreckliche Egoisten«, sagte seine Freundin. »Aber gut, geh ruhig allein. Ich will überhaupt nicht mehr mit.«

Und sie fing an zu weinen.

»Denk nur nicht, dass ich hier still sitzen bleibe und auf dich warte, während du in Paris auf die Pauke haust«, schluchzte sie. Wo hatte er solche Worte schon einmal gehört?

Ließ sich der Mann durch diese Einwände von Frauen und Freund beirren? Nicht lange. Der Traum war stärker. Er zieht gerade die Haustür hinter sich zu. Er sieht aus wie ein Mann, der auf dem Weg zur Arbeit ist, eine Besorgung oder einfach einen Gang um den Block macht. Man kann an nichts erkennen, dass hier ein Mann läuft, der gerade eine Fußreise nach Paris beginnt.

Editorische Notiz

Die in diesem Band versammelten Erzählungen wurden entnommen: Remco Campert, *De verhalen*. Amsterdam: De Bezige Bij 2004. Sie wurden zuerst in folgenden Publikationen veröffentlicht:

Die Reise nach Zwolle
»Een reisje naar Zwolle«. In: *De jongen met het mes*. Amsterdam: De Arbeiderspers 1954

Sanfte Landung
»Zachtjes neerkomen«. Amsterdam: Vroom & Dreesman / De Bezige Bij 1980
Die deutsche Übersetzung des Mottos von Truman Capote (Seite 17) lautet: »Natürlich haben Menschen erwachsene Augenblicke, einige wenige edle Momente, hier und da verstreut, und der wichtigste davon ist natürlich der Tod.« Aus: *Erhörte Gebete*. Aus dem Amerikanischen von Heidi Zerning. Zürich: Kein & Aber 2007, S. 59

Eine schöne junge Freundin
»Een mooie jonge vriendin«. In: *Een mooie jonge vriendin en andere belevenissen*. Amsterdam: De Bezige Bij 1998

Brief an Z.
»Brief aan Z.«. In: *De jongen met het mes.* Amsterdam: De Bezige Bij 1959

Die Katze, die weglief
»De kat die wegliep«. In: A. a. O.

Drei Jahre sind zu viel
»Drie jaar is te lang«. In: *Alle dagen feest.* Amsterdam: De Arbeiderspers 1959

Das Abenteuer des Unterwegsseins
»Op reis«. Mit Zeichnungen von Willem van Malsen. Amsterdam: De Harmonie 1974

Wie ich meinen Geburtstag feierte
»Hoe ik mijn verjaardag vierde«. Amsterdam: De Bezige Bij 1969

Zu Fuß nach Paris
»Een voetreis naar Parijs«. In: *Een mooie jonge vriendin en andere* belevenissen. Amsterdam: De Bezige Bij 1998